CW01474893

Mémé

DU MÊME AUTEUR

Thank you, Shakespeare !, Flammarion, 2016.

Petit lexique amoureux du théâtre, Stock, 2009.

Comme si c'était moi, Seuil, 2004.

PHILIPPE TORRETON

Mémé

Postface inédite de l'auteur

J'AI LU

Dites-moi ce qui m'entraîne
Dites-moi d'où vient le vent
Où s'en vont ceux que l'on aime
Dites-moi ce qui m'attend.

Gérard LENORMAN

À mon père et à ma mère

Je dormais près de mémé. J'étais petit, un bésot, et après des semaines d'hôpital, de peau grise et fatiguée, les docteurs ayant jugé que le danger était loin, le loup parti, je pouvais réapprendre à me tenir debout et profiter enfin des jouets qui s'accumulaient sur ma table de chevet. Mes parents m'ont confié à mémé, à charge pour elle de remettre des couleurs dans mes pupilles, du solide dans le ventre, de la confiance dans les bras et de l'impatience dans les jambes.

Mémé dormait à côté de moi, tout près même, dans une chambre à côté de la mienne. Nous étions au bout de la maison, côté ouest, celui qui reçoit la Normandie pluvieuse en pleine face, une étrave de bateau. Ma chambre était si petite que les cloques d'humidité du papier peint empiétaient vraiment sur le volume disponible, juste la place pour un édredon glacé, un placard et une machine à coudre à pédale. Quatre murs mouillés ceinturaient mon lit, les forces du dehors les avaient repoussés jusqu'à ses abords immédiats, il fallait se faufiler pour aller dormir, pieds de profil et torse de face en évitant de toucher la sueur froide des murs.

Je veillais sur ma grand-mère, pendant qu'elle veillait sur moi, ce fut mon premier emploi, gardien de nuit de mémé.

Ma mission consistait à l'écouter dormir. Je veillais tel un chien de berger sur un troupeau de ronflements broutant son sommeil afin qu'ils n'aillent pas s'égarer dans le suspect, dans le silence terrible qui précède les catastrophes. Je devais analyser sa respiration, en déduire la qualité de sa nuit, ma hantise était le suspendu. Parfois entre deux trémolos, une apnée inquiétante arrêtait ma vie. Il ne fallait pas qu'elle meure mémé, pas tout de suite.

Ronfle ! Je t'en supplie !

Et les ronflements reprenaient, merci Nott, déesse de la nuit.

Je ne voulais pas qu'elle meure avant mes vingt ans, car à vingt ans on est grand, on est un homme et un homme c'est dur à la peine, mémé il faut tenir ! À vingt ans, j'ai repoussé la « date de mort acceptable » à trente. Quand elle a arrêté de respirer pour de bon, j'en avais quarante et je n'étais toujours pas devenu un homme.

*
* *

Depuis, il me manque du silence, les gestes simples d'une maison pauvre, l'odeur d'une chambre humide, le bruit mat des loquets gras boursouflés de peinture, des portes gonflées qui frottent le carrelage – à moins que ce ne soit le carrelage, lui-même poussé par la force du sol argileux, qui ne vienne se frotter à la porte. Il me manque du bringuebalant, du tohu-bohu de maison rafistolée, une maison comme une carriole sans roues, posée en plein champ, une maison sans fondations flottant sur la glaise normande, une maison déhanchée à force d'épouser le sol meuble, une maison de poupée, une maison de mémé avec ses batteries de serpillières grises pour y déposer la boue des semelles, pour lutter contre les marées hautes de crachins qui venaient jusque dans nos draps inonder nos rêves. Ces serpillières que l'on retrouvait entrelacées de fils rouges et bleus sous les fenêtres et sous les portes quand l'humide régnait. L'une d'elles deviendra un doudou, le mien, pour colmater mes dessous de portes et mes joints de fenêtres manquants...

Merci mémé, grâce à toi j'aime la pluie... Cette pluie verte, un vert de prés verts.

Ta pluie fait fumer la terre.
Ta pluie dure et coupante comme un coin de tôle.
Ta pluie si pleine.
C'est-à-dire ronde grasse et franche.
Ta pluie fine, sans fin et ruisselante.
Ta pluie tenace et têtue.
Ta pluie qui fait du bien aux rêves.
Ta pluie fait faire des choses à l'intérieur.
Ta pluie est espérance.

*
* *

On entrait chez mémé par la cuisine, une poignée de porte en fer-blanc dure aux jeunes paumes. Une marche, on y descendait. À droite régnait le Frigidaire qui n'avait pas beaucoup d'efforts à faire pour refroidir le comestible tant il était proche de la fenêtre qui, elle, avait oublié d'être double et étanche – même l'été son boulot était grandement simplifié par la fraîcheur de la pièce. Toujours sur le côté droit se trouvait une petite table en Formica, tellement collée au mur et au frigo que deux de ses flancs seulement étaient fréquentables. On s'asseyait face au mur et mémé prenait la chaise qui tournait le dos à son intérieur. C'est là qu'elle épluchait ses oignons sans pleurer. Juste deux chaises, c'était suffisant. Mémé était seule, et le facteur venait rarement en bande pour boire un coup de café ou de gnôle.

À gauche de la porte d'entrée, c'était l'évier, qui reposait sur un plan de travail en contreplaqué recouvert de plastique, en « contregondolé » devrait-on dire. Au-dessus on y trouvait des placards fabriqués comme le plan de travail, mais eux étaient plus au sec. Ils faisaient un bruit de bois mat lorsqu'on claquait leurs aimants, certains se payaient même le luxe de grincer comme de vrais meubles… Droit devant la porte était réuni tout l'électroménager de mémé, une machine à laver le linge pacsée avec la gazinière, plus tard une espèce de four électrique qui viendra compléter son rayon Darty. Sûrement un cadeau France Loisirs pour une commande de beaux livres.

C'est toujours par là que l'on entrait. Une autre porte existait pourtant côté jardin, elle donnait dans la salle à manger, mais elle filait une telle histoire d'amour avec le pavé que mémé n'avait pas le cœur de les séparer. Parfois l'été, quand il y avait du monde, on s'y mettait à plusieurs pour l'ouvrir en la soulevant, les cris du bois et du pavé forcés de se quitter me déchiraient le cœur, et la maison basse se transformait en lieu de villégiature. La porte de la cuisine avait une clef moderne, fine et dentelée, celle qui ne servait à rien côté jardin était grosse comme une clef de coffre avec deux dents du bonheur en guise de panneton.

La salle, c'était le cœur de la maison de mémé, la chaleur partait de là et faisait ce qu'elle pouvait pour atteindre les autres pièces. Sa maison avait froid aux extrémités, des engelures aux chambres, beaucoup de calories parties la fleur au fusil sont tombées dans les embuscades du froid. La maison de mémé aurait été classée Z dans la nomenclature actuelle du niveau d'énergie consommée.

L'énergie, comme le sang dans les jambes de mémé, circulait mal. Sa maison avait froid aux arpions.

Il faut avoir ramassé des pommes à cidre dans l'herbe engourdie des pluies froides de novembre pour apprécier le sec et le chaud et même cette odeur en prime de vieux garage que distillait son poêle à fioul, car dans sa maison, que l'on n'appelait pas encore « longère », il n'y avait pas de cheminée, elle est venue plus tard sur ses vieux jours, comme un luxe.

Une maison comme un sous-marin égaré dont le seul mot d'ordre à bord serait : étanchéité !

L'hiver je ne l'ai jamais vue ouvrir une fenêtre et pour cause elles étaient bardées de rubans adhésifs aux jointures pour lutter contre le guingois passeur de froid. Ouvrir une porte faisait automatiquement réagir quelqu'un au sec et un « bon dis, tu rentres ou tu sors ? » fusait de la pièce soudainement exposée au courant de pluie.

Fermer une porte c'était réparer une fuite.

La pluie frappait les petits carreaux de mes dimanches, la pluie mouillait nos parties de dominos – au fait, maintenant je sais tenir toute ma mise dans ma main gauche mémé...

La pluie faisait chiquer la terre, elle faisait pisser les tôles des bâtiments, elle rendait obèses les mares et les bassins, elle mettait la campagne en crue. La pluie faisait penser nos fronts sur les carreaux froids, la pluie pouvait faire revenir les Allemands, elle faisait pousser l'ennui comme une levure et avec ce levain d'ennui pur je pétrissais mes rêves de plus tard, seul au carreau, je prévoyais des cachettes au cas où...

*
* *

Quand elle lavait son carrelage en terre cuite, il se livrait une bataille acharnée du sec contre l'humide. Parfois l'humide résistait des jours, en petites taches insoumises retranchées sous le buffet ou la huche à pain, comme autant de petits Fort Alamo.

Mais l'humide avait son antre, son QG, la salle de bains de mémé, bricolée par les gendres. Une baignoire, un évier et une toilette se disputaient les trois mètres carrés volés sur une chambre déjà minuscule. Il y régnait une moiteur constante hiver comme été, le plastique marbré collé un peu partout pour faire beau ou cacher la misère se soulevait, les coins s'écornaient, le bord à bord se disait au revoir en se relevant comme deux plaques continentales fâchées. Une résistance électrique sous antidépresseurs avait depuis longtemps perdu l'espoir de chauffer la pièce, elle se contentait maintenant de tout faire pour éviter le court-jus.

C'est dans cette salle de bains, sur tes toilettes, que j'ai appris la victoire de François Mitterrand en 1981, mes parents ont crié, c'était bon signe, quand ils crient les soirs d'élection c'est que la gauche gagne. Ça fait plus de trente ans qu'ils se raclent la gorge...

Même le pain dans sa huche subissait l'ondée sournoise. Mémé l'achetait dur, sec et craquant au boulanger klaxonnant tout en tube Citroën à la porte de la cour tous les mercredis et samedis matin, et invariablement on le mangeait mou, humide et élastique. Mon grand frère un jour en fit un nœud... le pain mou et le beurre dur. C'est fou, même en croquant dans la « dernière baguette parisienne à la mode qui garnit la table de l'Élysée », ton caramel mou de pain me manque, ce pain qui faisait tomber nos dernières dents de lait.

Les pommes aussi subissaient le même rituel, on ne les mangeait jamais fraîches et croquantes. Il fallait toujours finir les flétries et les piquées, il fallait savoir jouer du couteau. Une fois retirés la peau et le marron, on se retrouvait avec des morceaux de pomme aux formes étranges, des casse-tête chinois en pomme.

Quand elle coupait une pomme, mémé prenait le couteau en son milieu, ainsi de son poing refermé ressortait le pointu de la lame d'un côté et l'extrémité du manche de l'autre. Le fruit se trouvait travaillé, tranché par un drôle d'outil, un sécateur fait d'acier et de pouce humain. Le pouce et la lame coinçaient le bout de pomme tranché et allait directement dans la bouche, puis elle piquait un morceau de camembert qui allait vite rejoindre la pomme pour se faire écrabouiller ensemble. Je l'ai rarement vue tenir un couteau autrement. C'est comme cela aussi qu'elle énucléait les pommes de terre et c'est comme cela qu'elle coupait la baguette coincée sous son bras et pressée contre sa poitrine, vieux reste d'un temps où le pain était gros et gris et se mangeait aux champs. La miche devant rester propre, il fallait tout de suite donner le morceau tranché. Le pain passait de main en main.

Une fois terminée son adolescence molle, le quignon dans sa huche devenait dur, alors mémé le découpait en petits copeaux qui tombaient ensuite dans l'assiette de soupe ou de lait cru. Pas besoin de corbeille dispendieuse posée sur la table, ni de croix chrétienne tracée sur la croûte, pas d'énervement lorsqu'il n'était pas posé sur son côté plat et noirci par la tôle du four, le pain, comme mémé, vivait sa foi tranquillement, une foi paisible sans religion ni superstitions. Parce que la peur, la vraie vie vous la fait vivre, celle de l'au-delà n'est pas de taille, alors on laisse le pain tranquille et le chat a le droit d'être noir.

*

* *

La cuisine subissait les assauts du dehors mais la salle, elle, restait propre. Petite évidemment, comment faire autrement, elle était le cœur, mémé l'avait transformée en centre de loisirs, on pouvait y jouer aux dominos, au Scrabble, regarder les poissons exotiques de son aquarium, écouter « La Valise » et « Les Grosses Têtes » ou laisser parler Mourousi sur la Une. On y trouvait toute la saga des *Oiseaux se cachent pour mourir* en gros livres France Loisirs, ces bouquins vendus en promo comme les surgelés, avec de belles photos de l'auteur, en général des femmes américaines tendues comme des clôtures neuves. Mémé aimait bien les histoires d'amour. Deux êtres qui s'aiment au-delà des épreuves la faisaient sûrement rêver, elle aimait la science-fiction.

Pour les lire, elle s'asseyait près de la fenêtre...

Il faut l'imaginer dans le silence d'une vie seule, après avoir fini un petit reste, sa maigre vaisselle faite, RTL ayant bouclé sa Valise, prendre une chaise par le dossier et l'emporter vers les suspensions lumineuses d'un rai de lumière basse puis reprendre sa lecture bloquée par une carte postale de Quiberon, le livre posé sur un coussin lui-même posé sur ses genoux.

Elle lisait sérieusement.

Le journal d'un jour lui faisait la semaine. *L'Éveil de Pont-Audemer*, son quotidien, était l'objet d'un décorticage méticuleux avant d'accueillir les épluchures de pommes de terre. Le flux d'actualité continu versé sur nos smartphones ou débité par des « mannequins-journalistes » sur nos chaînes d'info avec le cours de la Bourse en piercing et le nombre de morts sur la cravate n'était pas pour elle. Mais les mariés sortant de l'église, ravis sous leurs haies de sabres ou de ballons de rugby, les mamans fatiguées essayant de sourire en soulevant leur trois kilos sept cent cinquante grammes de bonheur devant l'objectif du chasseur de scoop local, les ceux qu'on regrette, les ceux dont on a la douleur d'annoncer qu'ils ne verront pas la communion du petit, les commémorations estomacs et médailles pendantes, le repas des belotes, le concours des anciens, la fête de la truc et le baloche à machin, la culture des villages sans philharmonique ni théâtre, sans expo ni rétro, la culture des « loin de tout » abonnés à rien, tout cela était son information.

Elle lisait ces nouvelles périmées du bout de ses lunettes sorties pour l'occasion de leur casemate en fer-blanc, elle prenait note de ces horaires de marées humaines, de ces hauts-fonds et de ces basses plates de vies qui filent, qui changent de linge et de coiffure, selon les diktats des pages de mode étalées sur les cannisses des commerçants ambulants du marché de Beuzeville, diluées et coupées comme une mauvaise dope.

Toi tu t'en foutais avec ta blouse et tes rondeurs, tu avais gagné la bataille du temps, déguisée en immuable depuis jeune fille. Jean-Paul Gaultier-Lacroix et Yves Saint-Lagerfeld ne pouvaient pas t'atteindre, tu avais deux mille ans d'avance...

Plus tard, dans le monde sans toi, j'ai rencontré une maquilleuse qui arborait hiver comme été une « blouse-mémé » sauf qu'elle la portait avec des bas noirs déchirés, des cheveux vert foncé et des rangers aux pieds...

*
* *

Puis un jour, le mur qui séparait la salle de ce qui était la chambre de mémé et pépé – quand pépé arpentait encore les lieux en bougonnant – tomba pour faire une seule pièce. Le fameux « salle à manger/salon » que ses filles avaient pu se faire construire dans leurs pavillons se retrouvait enfin décliné chez mémé. Je me souviens du soir où je découvris le résultat des travaux, je trouvais ça immense, je ne connaissais pas le mot à l'époque, je n'étais pas encore monté à Paris chez la copine riche qui aimait Purcell, mais tout à coup elle habitait un loft.

Cet espace gagné sur l'étroit permit de recueillir deux pauvres canapés abandonnés pour cause de hausse du niveau de vie, l'un en poil d'acrylique véritable, chaussé de pieds coniques en laiton, et l'autre en velours rasé aux motifs floraux dans des tons jaune moutarde et vert bouteille... Maintenant la gazette familiale autour de la table ne nous gênait plus lorsqu'on regardait « Droit de réponse », nous avions de quoi étaler notre adolescence.

Ces changements de style devaient être le résultat de négociations subtiles de ton entourage, tout le monde voulait que tu profites du bon côté des choses, plus de lumière, plus de chaleur, moins d'humide, plus de pratique en machine et moins de compliqué à la main, on voulait tellement ton bien...

La maison de mémé recyclait tout ce dont les enfants ne voulaient plus dans leurs pavillons en crépi blanc, cernés de thuyas et scarifiés de descentes de garage. Les premiers meubles des jeunes couples devenus enfin propriétaires devenaient les derniers de ma grand-mère. S'il fallait reprendre la route de l'exode soudainement pour cause de démence mondiale, tout son intérieur tiendrait dans une charrette, les matelas par-dessus pour protéger le fragile et bivouaquer rapidement le soir.

Je vis maintenant à la campagne, et lors de notre déménagement il nous a fallu deux camions pleins à pleurer pour emporter notre ménagerie de soixante millions de consommateurs parisiens.

Son intérieur Emmaüs me manque...
Elle avait une télé, une huche à pain trop haute pour nos bras en culotte courte, un poste de radiocassette – avec des cassettes piratées pour elle par ses petits-enfants, le bouton réglé à jamais sur RTL –, un aquarium fabriqué et installé par mon frère à

condition d'y mettre des poissons prolifiques car chez mémé fallait que ça pousse que ça fleurisse que ça fasse des petits, des boutures, des œufs, des bourgeons, des rejets, que ça marcotte, que ça se greffe, que ça se sépare et se ressème, que ça hiverne et reprenne, que ça se conserve et se congèle, que ça s'échange et s'assèche en motte et en bouquet pour toujours et à jamais.

Elle avait un buffet d'avant-guerre, parfait pour y planquer un poste à galène, un buffet aux portes sculptées de motifs floraux, un mur de planches travaillé et ciré ajouré de vitrines, un château de bois sur lequel se murmurait des légendes. On parlait d'une marquise verte au destin brisé mais recollé contenant des pastilles Vichy, d'une porte fermée à clef derrière laquelle un monticule de paquets de biscuits se trouverait stocké. Des langues-de-chat pour les salades de fruits, des cigares pour le riz au lait, des biscuits à la cuillère pour tremper dans le mousseux, des « Corinnette », ces madeleines industrielles en paquet de trente collées les unes aux autres comme des sardines sucrées, et qui à peine à l'air libre étaient sauvagement englouties par nos bouches maquillées d'écume de groseille.

Dans ce buffet se trouvaient encore un service à café gagné par un chanceux lors d'une fête de village, et derrière les tasses une fiole de goutte en terre cuite, surmontée de sa tête de Normand avec son bonnet mou tombant sur le côté. Une goutte sévère pour faire des canards comme ma mère en faisait en se déclarant pompette d'avance.

Elle avait aussi une machine à coudre Singer à pédale, posée devant une fenêtre, une armoire à linge, au miroir frustré de ne servir à rien, une table lourde, des tabourets et un lot de chaises en paille qui alternaient avec celles de la cuisine autour de la table rallongée le dimanche quand la portée revenait au bercail.

Elle avait un poêle à fioul, un Frigidaire trop grand pour sa tranche de lard et son paquet de beurre, une gazinière, une machine à laver ses blouses, une boîte en fer contenant quatre photos d'elle aux bords dentelés, des Polaroïd, souvenirs d'un Noël aux couleurs fuyantes, de baptêmes ou de quelques mariages en Tergal, le tout entremêlé de papiers importants, de lettres mystérieuses et de beaux timbres déchirés sur de fines enveloppes bordées au tricolore.

Et pour finir l'inventaire, en plus de quelques draps, nappes et taies d'oreiller, elle avait une grande cage pleine de perruches vert et bleu, sa cage à bijoux, son collier de merles, une rivière de piaillements qui étincelait l'ombre de ses hivers. Officiellement, leur présence dans la salle était d'ordre ornithologique mais je sais que mémé, grâce à ses volatiles futiles et « bisouillants », s'invitait à des premières d'opéra. Aux premiers perce-neige les perruches retourneraient, promis, en résidence dans la pièce du bout, leur résidence d'artistes, leur Villa Médicis, cet autre bout de la maison opposé à mon poste de gardien de nuit.

C'est là que mes parents dormaient avant de devenir propriétaires de leur pavillon. Le matin j'allais les rejoindre pour le câlin, crevé par ma nuit de veille. Cette pièce était un poulailler lorsque mémé est venue s'installer ici, une épaisse couche de fiente avait remonté le sol de plusieurs dizaines de centimètres. À coups de bêche et de fourche, elle est devenue une chambre... Et c'est là dans leur lit humide qu'une guêpe molle de septembre tombée d'épuisement sur le matelas m'a piqué. Mémé m'a frotté la boursouflure avec un produit estampillé « on fait ce qu'on peut avec ce qu'on a » et le mal est parti. Elle avait toujours quelque chose qui faisait du bien, un demi-citron coupé en deux avec un morceau de sucre qui fond dessus, on suçait cela quand nos gorges raclaient un peu, mais je crois qu'elle aurait pu nous frotter ou nous faire avaler n'importe quoi, elle avait une telle façon d'agir promptement, avec rudesse, comme pour ne pas donner plus d'importance que cela au mal, que ça aurait marché.

Ça va passer disais-tu, et ça passait. Et quand ça passe pas et que ça complique le travail, on demande au docteur de donner quelque chose pour que ça passe.

Ça va passer, ça te passera avant que ça me reprenne.

Les remèdes de grand-mère ce n'est que ça, parfois la médecine s'y retrouve mais le plus souvent c'est parce que l'on n'a pas le choix, parce que le médecin est loin et que de toute façon il faut traire les vaches... Lors d'une fête de famille mon petit frère s'était cassé le bras, il hurlait, mémé s'est levée et tout en lui disant d'arrêter de faire « l'oué », elle lui a tiré le bras brisé d'un coup sec pour rassembler les morceaux. Une fois à l'hôpital, l'interne nous dira que personnellement il n'aurait pas fait comme ça mais que son geste avait permis d'éviter une opération.

Mémé Samu...

*
* *

Après la période « pièce du bout » et son énorme saule pleureur qui s'amusait à déchausser de ses racines la maison cariée de mémé, nous avons passé nos week-ends et nos vacances dans « la maison à Goblot », une petite bicoque en bois, en briques et en souris qui se trouvait dans la même rue que mémé, un peu plus bas sur la droite en descendant, en face de chez Mme Tougard. Autour de la maison, le pré s'appelait aussi « à Goblot », du nom d'un paysan tenace, maigre et vieux tenant debout par le travail qui reste à faire. Elle était occupée avant par un pauvre homme qui s'appelait Maquaire, un garçon de ferme plombé à l'alcool qui dissolvait sa petite pension en une poignée de jours et essayait de bosser à droite et à gauche pour assurer sa pitance avant la pension suivante. On le retrouvait parfois dans le fossé, cuit et rincé, on se saluait, il souriait, un ivrogne de poème avec les poches crevées, les semelles en déroute, la mousse et des étoiles dans les cheveux, des crevasses plein les mains pour papier d'identité et cette odeur de corps perdu, oublié, roulé en boule dans une bouteille et jeté dans la luzerne.

Je me souviens de ton visage lorsque tu développais un cadeau. Un objet acheté pour toi avait toujours l'air un peu con en sortant de sa boîte, ton regard semblait nous le sous-titrer, tu nous disais « fallait pas » et en effet « fallait pas ». Tout devenait gadget, superflu et surconsommation chez toi, même un épluche-légumes. Et puis tu as tellement été privée de tout, enfin privée, on est privé lorsque l'on veut quelque chose et que l'on ne peut pas l'avoir, toi tu savais d'avance que tu n'aurais rien, ces cadeaux que tes filles te faisaient avaient un goût de trop tard, c'était jeune fille ou jeune femme mariée que deux ou trois bricoles ménagères t'auraient fait plaisir, mais là, maintenant, toute seule dans ta maison de mémé, après une vie passée à te démerder avec rien, à quoi bon semblaient dire tes yeux...

« Ce n'est pas facile de trouver quelque chose qui te plaise », disait tes filles. Si, des fleurs, rien que des fleurs, Mémé aimait les fleurs.

Tu me disais qu'à Noël, parfois, tu avais droit à une orange et à des bonbons, j'en pleure encore. Je sais bien qu'à l'époque où les mémés étaient petites il n'y avait pas ces nasses à consommateurs d'aujourd'hui, tous ces collets, ces pièges à glu, ces tapettes à clients, posés en bout d'immenses parkings, il n'y avait pas la télévision comme appeau ou canard d'appel, cette machine à temps de cerveau disponible. Mais quand même. Tu as dû sûrement loucher sur une robe d'une plus chanceuse que toi ? Sur un ruban aux cheveux d'une plus belle ? Tes yeux ont dû s'arrêter quelques secondes sur une illustration, une réclame, et laisser planer le parfum capiteux d'une envie vite rappelée à l'ordre par un aboiement paternel ou le coup de fouet d'une queue de vache chassant la mouche attirée par ses flancs au chocolat.

Nous, les gosses, on faisait des listes de jouets que l'on donnait aux tantes, on faisait des répartitions prospectives entre les anniversaires et les Noëls, des stratégies de cadeaux se dessinaient, des accords se profilaient entre frères afin que nos cadeaux se complètent. Il nous fallait identifier les « cadeaux offerts » des cadeaux que l'on achèterait plus tard avec l'argent reçu à Noël, parfois on se risquait à accepter de ne pas savoir, de tenter la surprise, le cadeau mystère, c'était dangereux ! Noël était une commande, comme pour les surgelés !

On nous réveillait quand les adultes en étaient au calva, la chaise et le ventre tournés vers le sapin, et on découvrait en sortant d'un faux sommeil un tas de cadeaux prévus...

Toi tu distribuais tes boîtes de chocolats fourrés à la pâte d'amandes bizarre, il t'en fallait un certain nombre, trois filles plus un gars plus six petits-enfants en ce temps-là, plus ceux pour les enfants et petits-enfants de pépé. Les boîtes s'empilaient dans ton armoire à côté de la carabine en attendant le jour J, il y avait une enveloppe parfois et des sous dedans. Des sous. C'était encore ta monnaie, les anciens et nouveaux francs te faisaient aligner mentalement des calculs sans fin et sans résultats tangibles, des calculs qui nous rendaient riches car souvent tu en arrivais à parler en millions... Parfois je me demande si ce n'est pas le passage à l'euro qui a précipité ta fin.

Comment regardais-tu ce troupeau de cousins cousines en train de tailler à la serpe dans ce buisson de cadeaux ?

Avais-tu une pensée pour la gamine ?

As-tu seulement tenu une poupée dans tes mains à l'âge où les mains sont faites pour tenir des poupées ? Ma mère m'a raconté que pour un Noël tu lui avais offert un lit de poupée que tu avais construit toi-même, en brodant les draps, en garnissant un petit oreiller. Le lit devait être une boîte en bois qui devait servir à ranger des crampes.

Ce qui m'uppercute dans ce souvenir, ce n'est pas tant le manque d'argent qu'il suppose mais c'est de t'imaginer attablée le soir après ta journée d'usine, sortir des aiguilles, le tissu, la colle, des bouts de mousse pour faire de l'inutile, un jouet pour ta dernière que tu avais confiée à ta propre mère pour l'élever, le divorce et l'usine ayant violé ton instinct maternel.

C'est aussi la preuve que cette envie de poupée existait en toi. En construisant ce lit, c'est toi gamine qui essayais d'apprendre à marcher à ton enfance évacuée à coups de nécessité. Je suis sûr qu'en vérifiant si la poupée allait bien dans son lit tu lui as dit de faire un gros dodo...

*
* *

Tu m'as dit un jour que tu aurais aimé faire de la musique car tu as eu pendant quelque temps entre tes mains un harmonica... D'où venait-il ? Tu l'avais gagné à la foire ?

Pour devenir Mozart il vaut mieux avoir des parents dans la partie, des pianos et des clavecins à la maison, des frères et des sœurs pour piquer l'orgueil... Tu n'avais aucune chance, mémé, pour la musique, aucune – rêveuse va, veux-tu retourner à l'étable tout de suite, c'est l'heure de la traite. Une fille de la campagne ça ne fait pas de musique, une fille de la campagne ça écoute la « Chanson des blés d'or » en rêvant à ces belles voix de la ville que le poste diffuse, une fille de la campagne ça écoute la romance d'un monde campagnard irréel qui prend la pose pour les tableaux de Dupré. Je l'ai retrouvée, cette « Chanson des blés d'or », au Palais-Royal, coincée dans une boîte avec une petite manivelle pour lui pincer les notes, je te l'ai offerte cette musique – en cage comme tes perruches.

Lorsque tu étais dans l'étable toute seule avec tes envies d'émoi, écoutais-tu les sons ambiants avec les oreilles d'un Pierre Henry ? Les flèches de lait tombant dans le fer-blanc, la basse continue des mâchoires pleines de foin, le cliquetis de chaînes râpant le bois de la mangeoire, un sabot piaffant, une dégringolade de bouse, un long soupir de vache soulagée, les jets d'urine, le gazouillis d'une hirondelle allant et venant dans l'étable, les claques de tes mains sur les croupes récalcitrantes… Tous ces sons t'inspiraient-ils une messe pour ton temps présent à toi ?

C'est pour cela mémé que j'aime bien aller dans les écoles pour parler de mon métier de saltimbanque, que j'aime les mots des yeux de celui ou de celle qui découvre le théâtre, c'est toi que j'ai en face de moi dans ces moments-là… la mignonne de la chanson qui rêve.

Toi qui es venue me voir à la Comédie-Française dès que tu as pu, du fond de la campagne tu as profité de la première occasion. On y jouait *Le Barbier de Séville* et moi Figaro. Mes parents t'ont accompagnée, la voiture jusqu'à Bernay puis le train Corail pour la première fois de ta vie jusqu'à Saint-Lazare et un dernier trajet en taxi pour arriver très en avance place Colette, comme le prénom de ta deuxième. Tu as dû monter deux fois à Paris et la seconde fois fut pour ton petit-fils.

Mémé est dans la salle ! Tout le Français était au courant, tu avais acheté une robe, tes cheveux sentaient encore le salon de coiffure et leur laque à canards, tu avais ressorti ton collier de petites perles et des boucles d'oreilles qui te pinçaient très fort les lobes.

Mémé est dans la salle ! Et je suis dans la fosse d'orchestre avec les musiciens, un trac de fou dans la panse. Ça y est, Paris est jumelé avec Triqueville, c'est officiel !

Ma mémé est assise sur un fauteuil en velours rouge et moi je suis en costume de soie à double trame juste pour rire. C'était un dimanche en matinée pour que tu puisses retourner chez toi le soir même. Je crois que tu avais aimé le spectacle, mes parents t'ont accompagnée jusqu'à ma loge, j'étais ému que tu te sois donné cette peine... Je voulais te montrer mon outil de travail, si tes jambes et ta fatigue ne t'avaient pas tirée par la manche pour retourner au bercail je t'aurais tout dévoilé. Je voulais que tu voies la cantine, les dessous, les dessus, l'atelier tailleur, je t'ai présenté Maddy mon habilleuse. La Comédie-Française c'était ma ferme mes champs mes prés, c'était là que je ne comptais pas ma peine, c'était là que je m'usais chaque jour... Tu as aimé mon jardin et ma cour, mon lointain se rapprochait de toi...

Mémé à la Comédie-Française, ça veut dire que c'est possible, mon métier est possible, j'ai le droit d'en être et tant pis ou tant mieux si on me reprend pour ma façon de dire les « et » comme des « é ». Chez nous on dit un « objé », un « sujé », range tes « joués », et si vous n'êtes pas contents allez voir « maimai », elle est dans la salle.

Plus tard, pour les besoins d'une émission de Paul Amar, une équipe de télévision est venue te filmer, chez toi, pour te poser des questions sur ton petit-fils comédien. Je n'étais pas là car l'interview devait être une surprise pour moi. Tu étais en bout de table, assise sagement, studieuse, le regard un peu timide, et puis à une question un peu attendue du « pourquoi de qu'est-ce que ça fait d'avoir un de vos petits-enfants comédien », tu leur as répondu que tu étais étonnée que j'y parvienne car je n'avais pas la distinction d'un gars de la ville...

Un gars de la ville ! Personne ne dit ça de nos jours, si ça se trouve tu étais la dernière personne à l'utiliser au premier degré. L'expression « un gars de la ville » a été prononcée pour la dernière fois en toute conscience et spontanément par toi, Denise Porte, le 16 avril 1998... Un gars de la ville, cela peut faire sourire, mais il fut un temps pas si lointain où cette expression voulait tout dire. La ville c'était la mode, l'éducation, la carrière, le beau langage, le bel esprit – celui qui a le temps de s'écouter parler –, les paumes de mains blanches, lisses et sans blessures, la distinction, les bonnes manières.

Mais cette ville, ce n'était pas la première ville d'à côté. La ville c'était la grande, mémé n'aurait jamais utilisé cette expression pour qualifier un garçon habitant Beuzeville ou Pont-Audemer. Pour eux, elle se serait contentée d'appeler ça un gars de Beuzeville ou de Pont-Audemer.

Un gars de la ville c'était un gars de la grande ville, celle qu'on ne connaît pas, celle qu'on entrapercevra que deux fois, une première fois pour un mariage en noir et blanc avec Gauloise au bec et Juva 4 garée en bas d'un immeuble neuf et l'autre fois pour un scanner en couleur, des tuyaux dans le nez et l'ambulance garée en bas du CHU agrandi et modernisé. C'était cette ville aussi qu'elle souhaitait pour ses enfants, parce qu'elle veut dire liberté. Liberté de choisir son fiancé, liberté de choisir un travail. Liberté d'écouter de la musique et d'en faire le soir après que le travail est terminé. Car en ville quand le travail est terminé on le quitte, on n'y est plus, même si on le voulait, on ne pourrait pas y retourner. Il ne reste pas collé aux semelles, accroché par ses anses ou ses manches à vos mains douloureuses comme une bête affamée.

Un gars de la ville, c'est le sentiment de ne pas en être un que j'avais en tête en allant au concours du Conservatoire...

On peut toujours ironiser sur l'importance d'une chorale ou d'un club théâtre, d'un orchestre ou d'une fanfare, d'un club cinéma ou d'un atelier de sculpture mais pratiquer ou découvrir une activité artistique à l'école c'est avoir une chance d'échapper à la tyrannie de son milieu social, à la dictature de son lieu de naissance, au despotisme éclairé de la note, dernier soubresaut maurrassien de notre République. La note fait de nous un numéro, elle nous résume à jamais nous qui sommes si complexes, le chant fait de nous une voix, la danse un corps libre, le théâtre un individu. On apprend le « soi » grâce à l'autre et on découvre l'autre grâce à moi... Le théâtre c'est remettre à un peu plus tard le moment de choisir un métier d'adulte. Le théâtre m'a fait prendre conscience que quelque chose de beau, de terrible, de drôle, de fort peut sortir de moi et que j'en ai le droit. J'ai appris à parler le Shakespeare en réalisant comme une évidence que Shakespeare a écrit cela pour moi aussi et je n'ai plus jamais oublié cela après.

Mémé me disait cela quand elle me disait qu'elle aurait aimé faire de la musique.

Nous étions sous le sapin à déchirer le papier cadeau qui faisait des flammes colorées dans la cheminée, et toi tu devais penser à tes Noëls en rase campagne, tes Noëls de peu de chose.

Y avait-il seulement un sapin ?

Pas sûr, une bonne bûche de chez la forêt qui brûlait dans la cheminée, une messe de minuit histoire de dire, et au lit. La nature se chargeait des décorations en givrant les fenêtres, en faisant fructifier le houx de la porte de la cour et en parasitant les pommiers de guis pour les premiers de l'an.

Tu as vu la France s'enrichir de Noël en Noël... Tu es passée de Noëls de terre battue à des Noëls de parquets cirés. De Noëls de feux dans la cheminée pour se chauffer à des Noëls de feux dans la cheminée pour faire beau et avoir trop chaud avec nos sous-pulls en Nylon et notre chauffage central... De Noëls de dîners à peine mieux que d'ordinaire à des Noëls de combines de comité d'entreprise pour toucher des huîtres CGT par bourriches entières, du saumon CFDT en promotion, du foie gras Force ouvrière, et des Noëls aussi où l'on découvrait l'avocat et le kiwi, des entrées « qui changent » comme on disait en regardant du coin de l'œil pépé regrettant sa tranche de galantine.

Tu regardais ton troupeau fêter Noël, assise sur une chaise en paille, tes pieds comprimés dans tes chaussures plates. Je me suis toujours demandé comment tes pieds survivaient toute une soirée dans ce genre de chaussures, tes pieds nus tordus et gonflés devaient redouter ces grandes réunions familiales, tes pieds païens devaient haïr Noël…

Ma mère et ses sœurs t'offraient des blouses imprimées.

C'était pratique une blouse, utile, et ça semblait te faire vraiment plaisir. Une blouse bleue comme tes yeux gris, une blouse sans manches que tu portais avec un linge de corps blanc l'été et un supplément de pull l'hiver, parfois un col roulé. Une blouse avec deux grosses poches devant pour y mettre tes énormes mouchoirs, des mouchoirs grands comme des taies d'oreiller, des mouchoirs porte-monnaie, porte-noisettes, mouchoir foulard, mouchoir chapeau avec un nœud à chaque coin, mouchoir gant de toilette pour essuyer les petits morveux ou les petits qui saignent ou les petits au chocolat. Des mouchoirs qui pourraient se vexer que l'on se mouche simplement dedans.

Au collège, je me souviens avoir fabriqué en travail manuel éducatif – TME pour les intimes – une pelle à poussière. Mais attention, une solide, en tôle, pliée à la plieuse, soudée aux coins et peinte en bleu pour la différencier du char d'assaut soviétique T34. Je te l'ai offerte, mémé. Sans me vanter, je crois que ça t'a fait vraiment plaisir.

C'était utile, durable, fabriqué par ton petit-fils, preuve qu'il a vraiment deux mains, une droite et une gauche, c'était le signe que cette école avait encore les pieds sur terre, pour toi qui avais quitté la ferme afin de travailler en usine, et permettre ainsi à tes trois filles de poursuivre leurs études. C'était important. Et puis ça ne m'avait rien coûté en argent et ça aussi c'était plutôt rassurant pour toi. Ce n'était pas de la pingrerie, c'était le bon sens que donne la pauvreté, l'argent doit être dépensé pour des choses qui en valent la peine, un toit, la nourriture et l'énergie, le reste ce n'est pas nécessaire. Un cadeau ce n'est pas nécessaire, ce qui compte c'est d'être là.

Donner un coup de main ça compte.
Être dur à la peine.
Adroit de ses mains.
Silencieux et sobre.
Discret et économe.

Tu n'étais pas avare, tu as tout donné, tu n'as gardé que deux blouses pour toi. Jeune on t'a donné le nécessaire, adulte tu n'avais que l'utile et à la fin de ta vie il ne te restait que l'indispensable.

*
* *

Un jour d'enfance petit-quevillaise, ma mère fut soudainement émue en épluchant le courrier, plus précisément dans un drôle d'état qui semblait hésiter entre la joie et la colère, les larmes et la fierté, bref un de ces moments dans l'existence où l'on ne sait pas quoi dire ni faire. Et comme les états de ma mère pouvaient prendre des allures troublantes de mère calme à agitée voire très agitée avec situation dépressionnaire en fin de journée, une fois sa classe de mômes tartinés à la pauvreté derrière elle, j'étais attentif, sur le qui-vive même. Tu avais envoyé à chacun de tes enfants une somme en chèques. Tu pensais que c'était mieux que cet argent leur profite plutôt qu'à la banque diras-tu plus tard face aux remontrances de ma mère. S'il n'y avait que des comme toi, les banques seraient des épiceries de province. Pour toi l'argent doit aider, comme un outil. En avoir un peu sur ton compte te semblait absurde. Tu n'étais pas du genre à compter les décimales après virgule des taux d'intérêts, tu n'avais besoin de rien mais tu savais que tes enfants étaient déjà infectés du virus de la fièvre acheteuse, urbains que nous étions on devait tout acheter. Il fallait meubler le vide, s'équiper, changer de pneus, de Frigidaire, de cartables, de télévision, de literie, d'ampoules, de vélos, de crémerie, de coiffure, d'apparence… Ces besoins répandus sur nos zones urbaines comme des pesticides nous faisaient croire que l'on vivrait mieux. Et ça marche encore. Travailler plus pour gagner plus et consommer toujours et encore des produits de moins en moins bons, de moins en moins solides. Du fabriqué ailleurs, de la culture d'obsolescence sur palettes, des produits pour pauvres qui rendent encore plus pauvres.

Je ne me souviens plus de la somme exacte, de toute façon elle ferait rire les visiteurs de fin d'après-midi de Mme Bettencourt… Quelques chèques en belle écriture, économisés sur ta pension de mémé. Combien d'engelures, de pieds qui gonflent, de rhumatismes, de coupures, de panaris, de levée dès l'aube, de mal aux dents qui traînent, de remèdes de toi-même, de regards dans la vitre, de « toujours la même chose parce que c'est toujours la même chose » comme dirait Molière ?

Combien ça vaut ces chèques grattés sur l'os ?

Combien ça coûte écrira plus tard Allain Leprest :

« Combien ça coûte
En fric en frac en troc
En peau de bébé phoque
Combien ça coûte
En or et en glaçons
En beurre et en chansons
Combien ça coûte
Combien ça coûte… »

C'est le prix de l'humanité, ça vaut l'humanité entière...

Tu vois curé, en cherchant un peu, on pouvait facilement tisser un lien ou deux avec ton bon Dieu. La foi c'est du bon sens, c'est le bon sens que donne la survie, la foi c'est du darwinisme. S'adapter, tenir bon, nourrir les siens, un coin chaud pour dormir, éviter les bombes et prendre sur soi.

C'est tuer un poulet mais le manger jusqu'au bout sans rien jeter...

Tu aimais les carcasses mémé, les restes, le gras que laissent les petits qui ne mangent que le rose du jambon, le pain dur et le café foutu. Tu as partagé le pain le matin pour la journée lorsque la guerre était haute. Ma mère aussi donnait sa part à son père pour qu'il tienne le coup, pour qu'il mange solide...

Mémé rompait le pain, curé, et si tu ne la voyais pas à l'église le dimanche c'est qu'elle n'a jamais été très forte en théorie ni en fayotage. Elle préférait les travaux pratiques, elle avait les mains dans le cambouis de la foi et s'essuyait le front avec, c'est pour ça qu'elle était belle.

Une fois je me suis retrouvé avec elle sur un banc d'église, j'étais minot je ne me souviens plus pour quelles raisons, une messe pour quelqu'un qu'elle aimait bien je pense. Tout de suite après, je suis entré dans ma brève période « où l'est mon berzé mon zeigneur », ce qui m'a valu les grâces de sa belle-fille Francine, si croyante qu'elle a eu la gentillesse extrême de partir quelques mois avant mémé pour être sur le pas de la porte à son arrivée au ciel.

*

* *

Qu'en penserais-tu, mémé, de ces temps sans foi ni toi qui nous préoccupent ? De ces sommes d'argent qui nous dépassent, de ces réunions ruineuses et de ces sommets de sommités ? As-tu seulement emprunté de l'argent un jour ? Les fonds de pension, les Bourses qui plongent, tu avais treize ans en 1929, il paraît que tes parents ont perdu une partie de leurs économies avec les emprunts russes, tu as dû être immunisée contre cet argent qui coule et s'étale comme une confiture liquide. Cet argent virtuel qui ne correspond à rien, sans équivalence or, sans rapport avec le travail, de l'argent de mauvaises herbes, de l'argent coucou qui tue d'épuisement ses parents adoptifs après avoir précipité dans le vide les œufs légitimes.

Tu ne parlais pas beaucoup de politique. La politique c'était loin. C'était la ville, la grande. De temps en temps une tête à la noix dans une enveloppe rose pâle estampillée République française qui prétendait être ton candidat devait se retrouver dans ta boîte aux lettres, à chaque rendez-vous électoral on se souvenait que tu existais, et puis passé le concours de course en sac, la politique disparaissait de tes environs. La politique c'était un maire complaisant avec les agriculteurs qui avalaient les chemins communaux, saison après saison, pour faire trois ou quatre rangs de maïs en plus. La campagne avait cessé d'être administrée par l'État, il n'y avait plus de garde champêtre depuis longtemps, la campagne n'était plus prise au sérieux. Alors les cours d'école, les chemins, les rivières s'entremêlèrent de ronces, le liseron et l'ortie pouvaient pavaner.

Tu as commencé à solliciter la Sécu quelque temps avant de mourir et encore c'est ta pension qui servait à payer la chambre qui t'a vue rendre l'âme, normalement ta photo aurait dû se retrouver encadrée dans leurs bureaux comme les employés du mois chez McDonald's...

Ta retraite venait de ta période usine car à la ferme les annuités poussent mal. Pour l'État, un petit paysan se nourrit en déterrant les glands avec son groin, tant qu'il y a des chênes ils peuvent tenir !

Tu ne connaissais le chômage qu'au travers des menaces de licenciement de tes petits-enfants et de tes gendres, des dégraissages chez Renault-Sandouville ou chez Costil, véritable feuilleton de téléréalité sans télé. On tremblait à chaque plan de licenciement. On s'interrogeait sur chaque proposition des DRH, passer en nuit, travailler plus loin, changer de poste, tu écoutais tout cela sans surprise. Tu connaissais ce monde, quand on est dans le besoin on ferme sa gueule, on serre les dents et on bosse. Obligé. Pas le choix.

Tu as dû en ravaler des chiques, des couleuvres, de la salive amère de pissenlit, de la peine à pleine pogne et des larmes aux mains sales balayées d'un revers de paume…

L'État ne venait pas trop fourrer son nez dans ta ferme alors toi, pareil, tu rendais la politesse. L'État c'était le calva que tu pouvais distiller sans taxes, une vingtaine de litres exemptés de dîme alcoolique, évidemment tu en faisais un peu plus. Ce droit est parti avec toi au ciel.

Tu n'avais pas vraiment besoin de l'État, il ne fut jamais là quand il aurait fallu, tu t'es débrouillée toute seule en serrant les dents et les poings dans tes blouses. De la famille et des voisins, c'est ça qui compte. Tu étais une pionnière, l'esprit pionnier américain coulait dans tes veines, finalement tu aurais peut-être voté comme Clint Eastwood, on se serait engueulés… Tu devais voter pour nous, pour toi c'était trop tard.

Tu avais pourtant l'ami de maquis de ton petit frère Bernard, un certain Jacques Michaud, le Parigot de Montrouge, qui revenait souvent te voir malgré ses cancers et les enterrements d'anciens combattants dont il présidait l'association.

Il était communiste comme un curé de campagne, un dur dévoué à la tâche et sans faille. Sans doute et sans reproche. Un communiste élevé sur « lie de maquis », un de ceux qui ont commencé par mettre en commun la peur de mourir.

Parlait-il avec toi des grèves en cours, des patrons sans morale qui nous donnent des leçons de savoir-vivre, lui qui les a connus collabos ? Parlait-il avec toi de ces masses de fric qui ne vont qu'à quelques-uns au mépris de tous les autres ? De cet argent qui ne sent plus la sueur du travailleur mais le caniche toiletté d'un fonds de pension américain ? Ou bien laissait-il tout ça dans son vestiaire place du Colonel-Fabien pour n'être que dans la chaleur fiévreuse des souvenirs du temps où vous aviez peur, la mort de Bernard ton frère et son camarade de combat comme lien indestructible, un torchis de souvenirs qu'un peu d'eau fraîche servie au cruchon faisait revivre...

Il devait quand même te glisser deux ou trois réflexions politiques qui te poussaient à te faire lever le menton d'une moue dubitative, laissant l'autre sans réponse mais avec la certitude que tu n'irais pas au-delà de ce geste dans la confession. Gabin a tout pompé sur toi, dans ces gestes qui valent des phrases et ces regards qui en disent long.

Mémé, sur scène, je fais ça, cette façon de ne dire ni oui ni non d'un mouvement de menton vers le haut, les lèvres un peu serrées...

Sans sombrer dans le tous pourris, ce n'était pas ton genre, tu devais penser qu'un homme politique c'est franc comme un âne qui recule. Toi qui ne disais rien ou pas grand-chose, de quel œil regardais-tu ces hommes-là qui parlent tellement ?

Tu grattes ta misère et tu envoies quatre chèques à tes enfants, pas besoin de plans d'aide au développement. On s'absente une semaine et tu retournes à la pogne et à la bêche mécanique toute la terre de l'allée que mon père envisageait de faire, pas besoin de politique des grands travaux. T'as un petit-fils qui réussit le concours du Conservatoire à Paris et qui doit trouver de quoi se loger en quarante-huit heures ? Un coup de fil au gars Michaud et me voilà chez les Soviets à Montrouge, hébergé et nourri, pas besoin d'une réforme du statut d'étudiant. À peine chez nous, tu demandais à ma mère s'il n'y avait pas quelque chose à faire et puis tu faisais cette chose réclamée en silence. Parfois je me surprenais à te voir assise, toujours dans un petit coin, sans bruit, une chaussette moulée sur un œuf dans les mains, occupée à repriser, tellement silencieuse que tu disparaissais.

Ton silence rendait le monde bavard et inaudible.

Au pays de mémé on ne reste pas sans rien faire, c'est comme ça, toute une vie à user pour assurer l'ordinaire, chaque jour comme une tâche, une vie de labeur, s'arrêter c'est tomber.

Et on ne quitte jamais la table les mains vides.

Un jour tu es tombée face contre terre sans pouvoir te relever, cela devait être ton dernier sarclage...

Après t'es morte.

*
* *

Je ne sais même pas si tu as été gaulliste ? Que pensais-tu de ce grand picot étoilé, pour qui la démocratie était un usage d'esthètes énervant ? Faisais-tu partie du fan-club ? Ou, comme mon père, faisais-tu partie de ceux qui auraient préféré que l'avion du général Leclerc ne se casse pas la figure ?

Tu semblais contente quand Mitterrand a fait dire au revoir à l'accordéoniste de Chamalières. Mais autant les cris de ma mère m'ont fait sortir de tes toilettes le pantalon aux chevilles, autant j'ai du mal à me souvenir de tes réactions. Finalement, droite ou gauche, du moment que l'on est en paix, les différences qui font tout pour nous ne devaient pas peser lourd pour toi.

La dureté des vies dépeuple les réunions syndicales et les partis politiques, il faut être en forme pour parler politique, il faut le temps, faut pas être seule avec trois filles, sa réputation d'honnête femme dans le caniveau, et l'angoisse du chaque jour à dissoudre dans le café bouillu café foutu...

Il paraît qu'à l'usine tu n'avais pas que des amis. Tu devais travailler dur pour être sûre de rester, alors évidemment les réunions syndicales, les pauses, tu devais les passer à ton poste en serrant les dents.

Un homme politique aurait pu te plaire s'il s'en était trouvé un pour parler de la paix et des petites choses, les deux extrémités avec la même ardeur et le même sérieux... Je n'en vois qu'un, Nelson Mandela, lui seul t'aurait plu...

Mémé Madiba...

Tu me fais penser à certains films anglais où les gens se démerdent comme ils peuvent avec la misère, la dureté de la vie, l'alcool des uns la méchanceté des autres, avec l'ingratitude, l'oubli, les chiens qui aboient et les banques qui réclament... te voir c'est voir le réel sans fards ni esthétismes. Chez nous, on se doit d'inventer le septième art à chaque film sinon *Les Cahiers du cinéma* ne sont pas contents, alors pendant qu'on réinvente, les vies des mémés passent et trépassent sans caméra pour saisir.

*
* *

Elle ne regardait qu'une chaîne, celle qui marchait, la Une. Tous les samedis soir on se postait devant « Droit de réponse » avec mon frère pendant qu'à table s'égrenaient les nouvelles de la famille.

Longtemps nous sommes allés regarder la télé chez mémé. « En face », dans notre maison enfin construite, on ne l'avait pas encore… J'aimais bien ce paradoxe, mémé avait la télé et pas nous. La télé nous faisait habiter chez elle…

Où allez-vous ?

On va regarder la télé chez mémé.

Bon vous revenez hein ?

Oui, on revient, comme si nous pouvions ne pas revenir. Plus âgés nous en revenions dans la nuit, à charge pour nous de mettre la clef du verrou de la porte de la cuisine de mémé dans un pot. Au retour on se faisait peur avec les ombres ou avec rien, un cri strident de notre frère aîné nous faisait soudain frôler l'arrêt cardiaque, on tombait de peur dans l'herbe comme si, couchés, le danger devenait moins menaçant. Suivant le film, des discussions s'engageaient on profitait du grand frère pour poser nos questions, lui avait plein de réponses.

On laissait mémé toute seule dans cette campagne noire. Toute seule dans son lit, sans câlins, sans mari qui se lève quand il y a du bruit, sans personne pour qui craindre. Juste des cauchemars avec des morts dedans. Mais de quoi a-t-on peur quand la mort est déjà venue faire ripaille chez toi ? Qu'elle revienne ? Je pense que mémé avait fait sienne cette phrase de Hamlet : « Si c'est maintenant, ce n'est pas à venir. Si ce n'est pas à venir, ce sera maintenant. Si ce n'est pas maintenant, pourtant cela viendra. Le tout est d'être prêt... », sauf qu'elle ne le disait pas comme ça elle aurait dit « qu'est-ce qu'on peut y faire de toute façon ? ».

Mémé avait une carabine, une 22 long rifle, tout en haut dans son armoire, mais bon... Et une vieille chienne, qui apparte-nait au gars Maquaire, une Folette venue terminer sa vie domestique et pondre un dernier rejeton canin chez mémé, une chienne qui n'aurait fait de mal à personne, trop préoccupée par ses rhumatismes pour sauter au cou du voleur.

*
* *

Lorsqu'on repliait nos gaules les dimanches soir pour aller rejoindre notre zone urbaine je pensais souvent à cette semaine de solitude qui l'attendait comme un banc vide.

Je l'embrassais beaucoup avant de monter dans la voiture, autant de fois que de jours sans se voir. Elle en riait. Elle me disait « oh il est collant... as-tu bientôt fini ? ».

Non s'il ne tenait qu'à moi, je t'embrasserais encore...

Mémé ne savait pas faire des bises, elle n'avait pas été bien loin sur le chemin des caresses alors c'était une sorte d'accolade, un joue contre joue avec la bouche bien vers l'extérieur pour être sûre de ne pas rencontrer la peau de l'autre. Chez n'importe qui d'autre c'eût été une forme de dédain, chez elle, ce n'était pas dans le programme, la bise.

Tous les dimanches soir je lui donnais des cours particuliers.

Tous les dimanches soir je lui donnais des lignes de bisous à recopier.

Tous les dimanches soir je massais tes épaules musclées et tendues et t'aimais ça, dis le contraire pour te revoir... J'aimais les bourrelets de ta nuque, tes cheveux fins comme un miracle dans cette campagne qui oblige toutes choses à être rudes, et cette odeur de chair ronde et bonne.

Chaque dimanche soir je te mangeais un peu...

Un de ces dimanches soir, à peine cinq cents mètres franchis, nous avons eu un accident de voiture dans un joli virage plein d'herbes de talus trop hautes pour y voir correctement. Je suis revenu chez toi en courant et en larmes pour te prévenir, c'était un signe, il fallait rester...

Tout ce qu'on essaie de se mettre dans le crâne à grand renfort de slogans pour que la terre dure encore, pour trier le foutoir de nos assiettes grasses, pour cracher moins le carbone par nos orifices mécaniques, tous les principes très bons et nos habitudes si mauvaises qu'il faut comprendre et changer, tout cela et plus encore ma grand-mère sans Grenelle, sans tambour ni trompette, à pas de souris dans son boui-boui le faisait.

Tout ce qu'elle mangeait venait de son ici, et son ailleurs le plus lointain était un Prisunic pour les nouilles, le tapioca ou le savon qui venait perdre son accent sur l'évier de sa cuisine. Le reste poussait là, dans son potager, de l'autre côté des coquilles Saint-Jacques qui finissaient leur vie de coquillages recyclés en bordure de jardin. Pour la crème, il fallait pousser de l'autre côté de la haie, épaisse pour la mère, liquide pour la grand-mère ou le contraire. Je redemandais toujours avant d'y aller, armé de mes deux bocaux tintinnabulant dans mon sac plastique. La crémière était toute petite, à peine plus haute que ses bidons de lait, elle nous donnait un bonbon à chaque fois « pi ben l'bonjour à mémé ». Pour les légumes on pédalait chez la sœur de la crémière qui habitait plus haut et faisait pousser sa moustache et ses poireaux près de la forêt. Notre supermarché faisait donc six cents mètres de long et ne possédait que trois rayonnages, trois femmes solides et seules...

*
* *

Aujourd'hui on appelle ça être « locavore », on fait des forums sur la Toile pour voir s'il ne pousserait pas du mouton ailleurs qu'en Nouvelle-Zélande. Chez mémé il gueulait de sa voix d'ado indigné au fond de la cour le mouton, et on appelait ça vivre à la ferme.

Une ferme de mémé c'est petit, un foutoir, on y trouve de tout mais rafistolé, pas neuf. Le matériel semble avoir toujours été là, immuable. Une ferme de mémé, c'est vivrier, mais si on peut vendre un peu de lait à la coopérative, deux ou trois veaux, de la crème, des œufs, des poulets, des légumes, du bois, du cidre, du calva, des canards, du foin, c'est toujours ça de pris...

Dans une ferme de mémé, avant de faire quelque chose il faut réparer l'outil, parfois il faut savoir le fabriquer, au minimum il faut affûter une lame ou deux. Et pour affûter il faut un arbre, une pierre à meuler et une boîte de conserve percée qui fera couler l'eau goutte à goutte pour humidifier l'acier et la pierre.

Dans une ferme de mémé, il faut des bras cousins pour aider les jours de corvée. Nos bras à nous venaient de Léon et de ses gars. Léon Hamon faisait du cresson, il possédait quelques champs dans la grande prairie d'à côté qui évidemment sera baptisée la « campagne à Léon », il venait prêter ses garçons et son tracteur pour faucher les quelques arpents de mémé, un coup de main à la cousine. Il fallait aérer, mettre en ligne et botteler l'herbe coupée puis ranger tout ça au grenier.

Nous on guettait ce moment, la fenaison, on voulait se rendre utiles, prouver à mémé que nos bras pouvaient soulever autre chose que des Lego, qu'on savait hisser un ballot de foin de toute sa fourche à deux dents jusqu'aux pognes d'un des gars à Léon qui lui montait dans le ciel au fur et à mesure que les rangées de bottes s'empilaient dans la remorque. Lorsqu'il était très haut il fallait même être capable de faire en sorte que la balle continue son ascension toute seule. Un jeté de balles.

On suait, on en bavait, mais on était fiers, du vrai travail de paysans. Mémé venait nous apporter la collation, du pain du fromage et du cidre, dans un panier. Je prenais l'accent et faisais semblant de comprendre lorsque la pause casse-croûte déliait un peu les langues des gars à Léon. Il ne fallait surtout pas rater l'inflexion du début de phrase, c'est elle qui donnait le mode et l'humeur de la repartie, tout le reste était avalé, embourbé dans la langue et les joues...

J'étais normand, les jambes me piquaient et mes paumes cloquaient mais j'étais normand, les taons venaient sucer mon sang et la poussière de foin me grattait dans le dos mais j'étais normand. Je conduisais un tracteur orange qui avançait tout seul dans le champ, même au point mort, mais j'étais normand. Les gars à Léon se foutaient un peu de ma gueule, pas grave j'étais normand.

Léon avait un béret, il venait contrôler le travail et en profitait pour faire la remise à niveau en calvados. Parfois, pour affûter sa faucille il coinçait le manche de son outil dans la poche de son bleu de travail et avec une pierre à fusil, en allers et retours, il faisait chanter l'acier d'un geste parfait. C'était beau et moi je me coupais les doigts en tentant de l'imiter avec la serpe de mon père...

*
* *

Mémé gardait tout, car tout pouvait resservir un jour, les sacs en papier contenant les graines et la poudre de lait pour les veaux, les bocaux pour les prochaines confitures, les bouteilles de cidre, les boîtes d'œufs, la ficelle à botteler le foin et la paille – on appelait ça de la « lieuse » – une grosse ficelle jaune qui se vendait en rouleaux et se retrouvait pendue à un clou dans l'étable lorsque l'Opinel avait tranché l'affaire. Avec cette ficelle nous construisions nos cabanes dans les têtards, nos échelles de corde, nos arcs, nos épées de chevalier, elle servait aussi de ceinture pour retenir les bleus de travail de notre père que l'on enfilait pour aller à la guerre dans les talus. Parfois lorsque la pluie l'emportait, on la tressait, elle devenait alors bracelet-qui-gratte. Cette lieuse sentait le végétal, imbibée d'huile, elle devenait mèche, elle nous servait à tout, cette ficelle nous rapprochait des Indiens d'Amazonie.

*
* *

Mémé faisait pousser le vivant qu'elle connaissait depuis toujours – les vaches avaient des noms de filles –, je me souviens d'une Brigitte qui mangeait à part. On les appelait en disant « tâtuu tâ tâtuu tâ » et elles venaient, les petits veaux accouraient aussi lorsqu'on disait « tâ tou petit ti vite ti vite !!! », les poules, elles, avaient leur cri de ralliement, une espèce de « cojuc cojuc cojuc ». Mémé la silencieuse laissait partir sa voix et les bêtes rappliquaient. Parfois des « crénom », des « sacré guenon » pleuvaient sur la bête récalcitrante. Les dindons glougloutaient en nous poursuivant, les coqs pouvaient être teigneux, et le bourri nous faisait hésiter lorsqu'on voulait couper à travers champs... Cette vie domestique avait pour moi un goût de sauvage, un goût de liberté, un goût de seul au monde. Grâce à toi je sais faire du feu.

Mémé ne connaissait pas le cours des matières premières, ni la politique agricole commune, mais elle voyait déjà la campagne changer, les tracteurs enfler d'année en année, comme les gens. Elle ne s'étonnait donc pas qu'il faille élargir les chemins pour qu'ils puissent circuler. Ces monstres agricoles frottaient ses talus et cassaient les branches de ses chemins, ses bâtiments fatigués devenaient ridicules, cernés par les hangars neufs.

Mémé qui replantait toujours les arbres cassés ou trop vieux, mémé planquée derrière ses haies pendant qu'au loin brûlaient des autodafés de souches et de troncs d'arbres hérétiques venant transformer le bocage en plaine. L'exploitation agricole gagnait du terrain, ses petites parcelles biscornues empêchaient les beaux rectangles. Mémé avait son barrage contre le Pacifique, l'empêcheuse de labourer tout droit, un de ses arpents qui s'appelait « la pointe ».

Le cidre de mémé ne pouvait se vendre en grande surface. Quand le sucre manquait il fallait faire avec, on le buvait avec la grimace, les habitués riaient, ça fait pousser la moustache disaient-ils. Chez mémé, la nature avait ses droits et mémé ne les contestait pas, elle prenait sur elle en pestant mais que faire ? Les poules pouvaient se payer le luxe d'avoir la couvade, un goupil pouvait changer la donne en fin de mois dans le cheptel de gallinacés. Les œufs pouvaient être sales, le lait gras irisé de jaune, parfois des poils de vache flottaient dedans – entre le pis et l'assiette il n'y avait pas bien long –, et on le buvait tiède comme les veaux sous la mère.

Mémé n'exploitait pas l'agricole...

Tiens curé, encore un truc dont tu aurais pu te servir pour honorer ma mémé, ce rapport à la terre ! Le respect du vivant, la parcimonie dans le prélèvement nécessaire, le recyclage des choses, s'assurer que la terre puisse servir encore à la descendance sans être obligé de la décontaminer. L'Église devrait être à la tête des mouvements les plus écologistes, le blé qui tue les paysans, qu'en penserait ton Jésus ? Arrête-moi mémé si je me trompe, mais je pense que cette parole devait te manquer aussi sinon les bancs d'église t'auraient vue un peu plus souvent.

Je ne t'ai jamais vue faire un signe de croix, mais si tu te signais comme tu embrassais, il se peut que j'en aie manqué quelques-uns.

*
* *

Avec mémé on regardait changer le paysage en rouspétant, « ils ne savent plus quoi inventer... » disais-tu. C'est vrai que la vie de mémé se sera déroulée au cours d'une période d'inventions sans précédent dans l'histoire de l'humanité. Elle est passée du facteur à cheval aux e-mails, des premiers avions en toile à la navette spatiale, de la guerre en pantalon rouge garance à la bombe atomique et de l'affaire Dreyfus aux chambres à gaz.

Ils ne savent plus quoi inventer... un soupir... et tu retournais à ton épluchage de poulet froid.

Un poulet de mémé nous faisait trois jours ou trois repas.

Rôti le dimanche midi.

Froid avec de la mayonnaise le dimanche soir.

En vol-au-vent le lundi soir.

Trois repas à quatre ou cinq pour un poulet... un poulet de basse-cour, un poulet qui cherche sa pitance dans le sol, qui gratte avec ses pattes et pique avec son bec, un poulet qui connaît la pluie et le vent, le soleil, l'ombre, la vache, le marc de pommes et nos pétards du mois de juillet...

*
* *

Avec ton frigo vide, on mangeait bien, même un simple steak saisi à la poêle se retrouvait avec un bon morceau de beurre sur le dos, un haché d'échalote et de persil, un jet de gros sel et un tour de moulin à poivre, on se battait pour saucer la poêle avec notre bout de pain mou.

Pour tenir le coup l'hiver, dans le froid, la pluie le vent, lorsqu'il fallait planter des pieux, récurer une étable, couper du bois, mémé avait une arme secrète, une potion druidesque, une mixture, un feu d'artifice de sucres lents : « la Soupe au Riz », que nos oreilles distraites ont longtemps appelée « soupe pourrie ». Du riz cuit à saturation dans du lait entier cru, des pommes de terre et des tranches de pain rassis frottées à l'ail puis frites dans la poêle, une pincée de muscade, sel et poivre et au moment de servir un jaune d'œuf et de la crème fraîche pour les plus coriaces… Après vous pouvez camper à la belle étoile en terre Adélie.

Pas besoin de Nutella, nous avions notre pâte à tartiner de mémé. La graisse de porc, après la cuisson d'un morceau de cochon au four ou en cocotte, se retrouvait figée, blanche, immaculée comme une mare d'herbage prise par le givre, et l'eau noire en sommeil sous la glace se trouvait être les sucs de cette viande. Cet onguent porcin était récupéré avec soin, coulé comme un miel précieux dans un bocal à confiture, étalé sur du pain grillé en mêlant au dernier moment sur la tartine le noir et le blanc, le suc et la graisse, avec quelques grains de sel. Comme il n'y avait pas de

porc tous les jours, en période de chau-
dronnerie confituresque, mémé nous réser-
vait l'écume de la gelée de groseilles, une
mousse qui se forme lorsque le mélange de
fruits et de sucre commence à bouillir. Une
écumoire – autre chef-d'œuvre en laiton et
fer embouti et percé en travaux pratiques
au collège – venait caresser la surface du
bouillon pour ne retenir que cette mousse.
Mémé la déposait dans une assiette froide,
et tiède encore on étalait cette écume sur
une tartine de beurre salé.

Rien n'était gâché, jamais.

Une vieille poule efflanquée par son quota
d'œufs pondus pour la bonne cause avait le
droit de terminer sa vie dans un bain de
crème, telle une Cléopâtre normande, des
champignons coupés en quatre en guise de
canards de bain...
Même l'eau de vaisselle était gardée, elle
servait de fond de soupe pour le cochon
quand ça grognait encore en bas de la cour.
Mémé n'achetait pas de produit de vaisselle
qui protège les mains, vernit les ongles et
nourrit le cuir des bracelets de montre en
même temps, elle faisait la vaisselle à l'eau
chaude, et la vaisselle était propre...

Un terrible jour, ce principe de « on va pas gâcher ça » a atteint son point culminant. Nous avions mon petit frère et moi des cochons d'Inde, qui profitaient de nos vacances scolaires pour faire un stage de « réinsertion rongeurs » avec leurs cousins conils. Ils en revenaient en général toniques, boudant leur sciure urbaine et le couinement indien légèrement teinté d'accent normand… Et puis le drame est arrivé. La cage sous laquelle leur stage nature se déroulait devait être déplacée tous les matins pour avoir une nouvelle flaque d'herbe fraîche. Jusqu'ici nos cochons d'Inde comprenaient plus ou moins rapidement qu'il fallait se bouger le croupion en même temps que la cage s'ils ne voulaient pas se faire écrabouiller, visiblement un de nos amis devait penser à autre chose ou ne devait toujours pas arriver à comprendre le principe de cette cage mouvante car il s'est retrouvé coincé, le dos brisé, mort…

« On va pas gâcher ça » !!!

Au déjeuner, nous nous sommes attablés mon frère et moi devant un civet de cochon d'Inde avec carottes, pommes de terre et chipolatas que mémé nous avait cuisiné. On a chipoté notre cochon d'Inde en se regardant, pas fiers.

Tu devais acheter des choses quand même, des chaussures par exemple, les tressées noires un peu plates dans lesquelles tes pieds se comprimaient tellement qu'ils devaient faire des paliers de décompression lorsque tu les enlevais en rentrant chez toi.

Tu as dû les acheter pressée par l'une de tes filles en vue d'un mariage. Une fois dans la boutique, je suis sûr que tout te plaisait tout de suite, afin de ne pas déranger la vendeuse plus longtemps et repartir au plus vite de cet endroit fait pour les femmes, toi qu'une vie laborieuse a obligée à mettre sa féminité dans la poche avec un gros mouchoir par-dessus.

La chaleur étroite des cabines d'essayage avec leurs miroirs sans point de vue, et la musique bégayante de ces magasins devaient t'étouffer. Tu devais penser au grainetier et à ses sacs de maïs, de granulés, de blé écrasé, de haricots secs et blancs, de lentilles, à ses pois chiches tout ronds et ses gros poids lourds tout hexagonaux pour sa Roberval, à son bout de crayon à papier coincé derrière l'oreille

et à son carnet dans la bretelle addition-
nant ton shopping agricole. À cause de toi,
j'adore les quincailleries de campagne, les
sacs de graines, les pièges à taupes, le fil de
fer gros et petit avec ou sans barbelés, les
boîtes de crampes en carton, les bouchons
en plastique blanc pour le cidre, les pierres
à fusil et les manches d'outils, tout cet utile,
ce bric-à-brac de campagne. Ta coquetterie
était là et c'est là qu'est mon aspirine maintenant...

J'adorais revenir de Pont-Audemer le
coffre de ta 4L chargé de grains en sacs.
Acheter du grain c'était acheter de l'avenir,
tenter l'aventure du vivant, miser sur la
terre, le ciel et le courage, c'était s'en
remettre à l'insaisissable, faire alliance avec
cette terre énorme sous nos bottes.

Mémé toute petite et toute seule face
au monde avec ses graines, ses poireaux à
repiquer, ses petits poussins, ses petits pois
et ses petits-enfants... Mémé avait fait son
nid, deux lopins à sarcler vu du ciel, mémé
la puce sur la grosse bête planète, mémé ver
luisante avec sa bougie-des-plombs-sautés
sous la voûte exubérante, mémé capitaine

et matelot toute seule sur son rafiot, mémé sans pépin sous l'ondée d'étoiles filantes...

Grâce à toi, mémé, je comprends les peintures rupestres.

*
* *

Je ne t'ai jamais vue regarder une vitrine de magasin, ce n'était pas pour toi cet étalage d'objets à vendre. Seule une catastrophe ménagère t'aurait amenée à remplacer une marquise dont la robe vert et rose cachait les sucres en morceaux, et encore avec ta colle, ton ruban adhésif et ta ficelle tu rafistolais tout. Cette marquise je l'ai toujours vue marbrée, recousue à la glu et surtout remisée en hauteur à l'abri des malhabiles.

Les dates de péremption ne servaient à rien chez mémé. Premièrement, il fallait chausser les lunettes pour les déchiffrer et deuxièmement « on va pas gâcher ça ».

Les ragoûts, les gibelottes, les bourguignons, civets, fricassées et autres salmigondis, les hachis, les compotes, les farces, les parmentiers et godiveaux, les soupes, les bouillons, les potages, les garbures et les brouets viennent de cette expression, de cette nécessité absolue de ne pas gâcher de la nourriture, parce que la viande est rare et chère et donc un reste de viande se réutilise, même un peu noir, il cuira plus longtemps. Du temps de mémé les chiens étaient maigres. Je suis sûr que la grande cuisine étoilée qui étincelle dans les assiettes a pour base une mémé, une mémé qui fait ce qu'elle peut avec ce qu'elle a...

Faire les courses de ma grand-mère à sa place était une pichenette pour nous qui faisions du foie gras de Caddie tous les samedis à l'hypermarché du Grand-Quevilly.

Sa liste tenait sur un petit bout de papier qui en était déjà à sa troisième vie de papier, et elle fournissait même le sac en plastique roulé en boule dans le fond de son cabas, une seule poche suffisait pour contenir les « denrées à mémé ». Ce sac en plastique, on se le retapait pour porter les « restes à ta mère » et c'est comme ça qu'un bout de lard, du pissenlit, des œufs et une patte de poulet froid traversaient l'herbage dans notre main laissée libre de combats contre les Allemands.

Le sac une fois réceptionné par maman était vidé de son contenu, qui, lui, avait le choix entre le frigo ou le recyclage dans la poêle à côté de ce qu'elle avait prévu pour le midi. Ensuite le petit sac servait de poubelle ou repartait vers mère-grand avec d'autres denrées précieuses, et l'estafette de refaire le trajet en sens inverse, en râlant. Ma mère, la pauvre, ignorait tout des dangers que l'on courait près de la mare, des tranchées bombardées et des Allemands de la Deuxième Guerre qui continuaient à se battre dans cette Normandie d'enfance des années soixante-dix.

Il n'était pas rare de retrouver l'un de ces sacs en plastique pendu à la clôture par une pince à linge et servant cette fois d'abri à une lettre sous enveloppe et à quelques pièces jaunes pour le timbre. À charge pour le facteur de poster le tout après sa tournée et de garder un sou pour lui pour le service. Parfois, le facteur venait jusque dans sa cuisine lui porter un pli, il savait que ma grand-mère lui offrirait un coup à boire ou même de manger un steak avec des frites, le mercredi. Il déposait son képi et son gros sac de cuir et racontait le pire et le meilleur de ce qui arrive aux uns et aux autres. Ma grand-mère restait discrète quand il se laissait aller à un jugement sur les agissements de ces autres et de ces uns, au maximum un « oh ben ça ! » ou un « enfin » venait en renfort de sa pudeur mise à mal.

Quand le facteur était en congé, le bougre, il prenait soin d'avertir son remplaçant des habitudes du coin. Son boulot ne consistait pas à fournir des doses de lettres aux boîtes en manque, il déchiffrait le sac plastique pendu aux portails des cours, il savait lire les fenêtres à rideaux tirés et reconnaissait les tracteurs aux champs ainsi que les chiens errants...

Certains sacs en plastique, les jours de permanente ou de couleur chez sa fille et lorsque le crachin y allait de sa chique humide, mémé, prise en flagrant délit de coquetterie par l'ondée pour retourner chez elle, s'en affublait, un « pris au cas où » dans sa poche d'imperméable qu'elle avait piqué à l'inspecteur Colombo, pour protéger ses petits cheveux rebouclés, reteintés et remodelés à la paume tout en faisant des « oui oui, ça va » ou des « te casse pas c'est bien comme ça » ou des « bon, merci », autant de petites phrases qui ne demandaient qu'à partir.

Les plastiques de ma grand-mère avaient peu de chances d'aller étouffer une tortue luth dans les mers chaudes, ils étaient retenus à vie chez elle, elle leur trouvait toujours du boulot à faire, certains craquaient et se tranchaient le Nylon pour en finir mais, même là, elle leur trouvait une utilité, comme de reboucher un trou dans le grenier, tenir un portail en attendant un gond, étanchéifier une fenêtre… Le vent des décharges n'était pas pour eux, ils regardaient les vols en V des sacs de passage en pleurant leur polymère.

Il me manque un cellier avec ses foudres de cidre, l'odeur de la terre battue, et cette ivresse des fonds de tonneau que nous goûtions mon petit frère et moi lorsqu'il nous arrivait de nettoyer ces ventres de bois pour y remettre le nouveau jus de pomme. Mémé alors déjointait le carré de bois dans lequel était fixé le robinet, puis on se déshabillait et on pénétrait dans cet antre fermenté, nos pieds embourbés dans une glu marron. Mémé nous jetait de l'eau chaude, à charge pour nous de gratter avec une brosse en chiendent les parois du tonneau. Nous étions dans le ventre de la baleine comme Pinocchio. Évidemment, eau chaude plus dépôt alcoolique, nous ressortions de là complètement fracassés. On rigolait pour un rien en se roulant dans l'herbe.

Ce cellier sentait le sur, ce cellier m'a fait aimer Rimbaud, plus douce qu'aux enfants la chair des pommes sures. C'est compliqué Rimbaud à l'école mais grâce au cellier de mémé j'étais prêt pour me « baigner dans le poème de la mer », mon nez était paré pour les « taches de vins bleus et de vomissures ». Arthur connaissait le moisi des celliers avec les pots de lard, l'oignon et l'échalote, les pommes, le vin, le lait croupi, et la souris active… La poésie est là, la poésie c'est de l'enfance tailladée d'odeurs…

J'en appelle aux orties au bout du jardin autour des carcasses de voitures en attente du cousin bricoleur, à l'étable en bas de la cour avec son perron de boue, aux portes en bois rafistolées de corde de lieuse et de fil de fer, aux toits de tôles rouillées et à ces restes de torchis qui s'échinaient à se faire passer pour un mur.

J'ai perdu un chemin, des herbes charnues, un poulailler, une mare au canard sans canards, des poiriers entourés de gaules qui nous servaient de tipi quand les couleuvres ne s'y trouvaient pas déjà.

J'ai perdu dans l'affaire grand-mère une table en ciré, un buffet, une huche à pain mou, j'avais misé gros, plus que des racines, un sol, sans droits ni devoirs, mais un sol de mémoire, un sol en motte de beurre argileuse qu'il faut fouler pour savoir, un sol qui parle en chuintant avec tes bottes pendant que tu marches. Un sol qui sentait la vie grouillante. J'aimerais encore maintenant ouvrir la porte de sa cuisine et l'embrasser, reprendre un bout de pain avec un coup de café réchauffé dans la petite casserole grise et puis repartir en face chez les parents avec un bout de lard qui reste, deux ou trois légumes, des choses à ne pas perdre, le tout coincé dans un vieux Tupperware et empoché de plastique.

*
* *

Il m'arrivait de courir, de faire des footings, cela faisait sourire ma mémé qui devait être intriguée par cette drôle d'activité qui consistait à me fatiguer pour rien. Dans son monde, toute dépense d'énergie devait être liée à une activité laborieuse pour transformer le quotidien. Elle avait la main douloureuse et cloquée par le frêne des manches d'outils, des panaris tordaient le bout de ses doigts à cause de la terre qui venait infecter ses blessures, son dos se vivait douloureux à force de biner et de porter les bidons de lait, ses jambes, lourdes à force de trajets en bottes ou en sabots dans la cour herbeuse et bosselée. Quand sa tête l'élançait, c'est qu'une poutre lui avait dit stop, son corps tordu et blessé était le signe d'une journée de labeur, et moi j'arrivais chez elle en sueur, fatigué et plein de boue pour rien, les jambes lourdes et griffées par les clôtures et les ronces pour rire. Dans une petite ferme de mémé tu es tout seul et quoi que tu fasses quel que soit ton courage, ton côté dur à la peine, tu te coucheras le soir fatigué en laissant une liste interminable de choses à faire. Dans une ferme de mémé, tu es Robinson Crusoé.

Oui, elle devait être pantoise devant cet acte gratuit et caloriphage. Pourtant en revenant de mes parcours nature et découverte je lui racontais le pays, les chardons dans le champ de machin, le gui qui squattait les pommiers du père truc, une nouvelle maison en chantier dans le village, une vache sur la route, un paysan qui fane en avance ou en retard, je lui demandais qui habitait la petite ferme en ruine près du bois vers le mont Crocq, si elle avait connu machin engranité sur le monument aux morts. Je lui racontais la biche croisée, le renard mort, les perdrix pleines de blés tendres. Je lui donnais des nouvelles du sauvage qui résistait au remembrement. Je lui racontais mes tours et détours et parfois en réalisant mon parcours elle sifflait, admirative ou moqueuse ou les deux, elle avait un petit-fils qui courait dans les champs et qui venait retrouver son haleine perdue dans sa cuisine.

*
* *

Serrer un arbre dans ses bras fait du bien, même si l'on n'a pas la fibre ligneuse, serrer ma mémé me faisait du bien. Son buste était fort, longtemps mes bras furent trop courts pour en faire le tour. Vers la fin de sa vie je pouvais l'écraser en la pressant contre moi, son corps avait fondu, ses joues aussi, mortes avant elle, ses joues rebondies étaient bonnes, c'étaient mes airbags, mes doudous du dimanche soir quand il fallait repartir dans la banlieue de Rouen.

Mes peines d'enfance rougissaient de honte en réalisant les tiennes, des petites

brumes du matin, toi tu as connu le brouil-
lard. Tes cauchemars transformaient les
miens en rêves grisonnants. Tes peurs
faisaient peur aux miennes, qui du coup
reprenaient du poil de la bête, tes fatigues
ne trouveraient de repos que dans la mort
tandis que les miennes se satisfaisaient
d'une courte sieste.

Jamais mes mains ne porteront ne
serait-ce qu'un dixième du poids de ce
que les tiennes ont porté pendant leur vie
de mains de mémé. Tes épaules ont bleui
sous les jougs où s'accrochaient des seaux
de marmots affamés d'amour et de pain
rationné. Tes reins, ton dos, tes cuisses, une
vie de « han » douloureux, de respirations
coupées sous l'effort, de jurons quand ça
cogne, de mouchoirs quand ça saigne, de
claques quand ça pique et de silence quand
ça remonte… D'ailleurs c'est ce qui m'a fait
chialer comme un petit lors de ton enterrement mémé. Voir tout ce peuple en chagrin venu d'un peu partout, une marée de
cousins et de cousines, de lointains et d'ici,
tous ces yeux qui pleuraient d'une même
larme, et réaliser que pour chacun d'entre
nous ton corps avait payé de ta personne.

Le curé de Saint-Pierre-du-Val étroit comme son église avait sous-estimé l'événement. Ce curé de passage venu en coup de vent ne connaissait pas mémé, mais on peut travailler…

Il fallait réviser curé, ou refuser, ma mémé valait mieux que tes mots élevés en sacristie, tes mots qui n'ont pas le droit d'aller jouer plus loin que les marches de l'église, des mots un peu affolés par le manque de croyants venus en masse et courant se réfugier sous tes jupes saintes.

Si t'avais bossé le dossier, t'aurais vu une vie de chrétienne mais pas de celles habillées comme leur chien qui se signent comme on se ronge les ongles et prient comme on appelle la police, mais une vie de foi en l'autre, silencieuse de mots, bavarde en preuves d'amour et en sacrifices.

Des chemises du temps et de la fatigue elle en a donné à plus d'un et le rendu était là dans ton église, curé, une foule de retours sur prêt d'amour.

Si t'avais mieux regardé ce peuple orphelin, tu y aurais vu des larmes grosses comme des poings, des larmes pleines comme des vaches prêtes à vêler, et ces larmes, venues de partout choisissant ton église pour bassin déversoir, t'auraient indiqué le chemin des mots pour dire la vie, celle au-delà des marches de ton lieu de travail, car il n'est question que de la vie quand la mort nous rassemble.

La naissance est fragile et fait peur car la mort est là, elle rôde comme une bête de savane prête à reprendre le faible ou le malade. La naissance insécurise les vivants car c'est du devenir qui croise les doigts, du miracle estampillé fragile, mais l'enterrement, finalement, rassure, c'est l'ordre des choses qui s'impose avec ses gros sabots d'évidence, il laisse le troupeau sonné mais en vie, persuadé pendant quelque temps d'être à l'abri de la sale bête enfin repue. Ton église, curé, était pleine d'amour et toi tu ne t'en rendais même pas compte, c'était de la foi sauvage, il nous aurait fallu un druide en fait.

Je trouvais sa pierre tombale trop neuve. Ça ne lui allait pas, il aurait fallu que sa tombe fût déjà mousseuse et licheneuse, une tombe à l'ancienne, une tombe à ta main polie comme un manche d'outil. Celle-ci était brillante, neuve, en marbre noir. S'il ne tenait qu'à moi, je t'aurais mis de la brique, ou une grosse pierre de granit brut, ou rien, un champ, une motte de terre, pis, une croix, parce que faut ben mett'e un truc et c'est tout. Non, en fait, j'aurais planté un arbre, pour que ses racines te prennent et t'aspirent et te fassent monter dans ses feuilles, comme ça le vent t'aurait fait chanter enfin, librement, comme ça des petits auraient pu continuer à grimper sur toi pour voir plus loin, comme ça tu aurais pu encore nous indiquer les saisons qui passent, nous qui mangeons n'importe quoi n'importe quand...

Elle est partie s'installer avec son frère, pour jouer aux dominos sans doute, ses deux maris sont ailleurs, elle fait tombe à part, divorcée du premier et un second mari parti se faire enterrer près de sa première femme. La vie avec ma mémé aura été pour lui une parenthèse consolante. Maritalement abandonnée pour l'éternité, il restait André son frère aîné, après tout... André est peut-être le seul homme de sa génération qui l'ait vraiment aimée.

La veille de son enterrement j'invitais mes parents dans un restaurant à Conteville. J'assurais la veillée d'armes.

Le lendemain je n'assurais plus rien sur mon banc d'église. Florent Pagny se faisait entendre depuis le chœur, « Savoir aimer », elle l'aimait beaucoup cette chanson, je dois reconnaître que ça lui allait bien. J'aurais préféré le concerto de Mozart pour clarinette mais RTL était sa radio. J'avais préparé un texte sur elle, un poème, je l'ai lu en slalomant avec mes larmes. Nous nous embrassions tous comme si on se disait adieu, un monde se terminait...

Mémé est née en 1914 le 6 mars, Poissons de son signe. Gosselin fut son nom de jeune fille, après elle devint Lehoc, puis Porte.

Jeune fille !

J'ai beau regarder le noir et le blanc des trop rares photos où la jeune fille qu'elle fut posait, je ne vois que mémé, pas encore tout à fait en tenue de mémé, mais déjà mémé, programmée par la vie laborieuse à devenir mémé. En ces temps pas si reculés, on passait du gamin au turbin sans passer par la case « jeune fille ».

Chez mémé-jeune fille, c'était une vallée dominée par un château en ruine, appartenant au marquis Michel de Saint-Pierre, résistant et royaliste, qui désespérait de voir son monde foutre le camp par la brèche vaticane numéro deux. Un petit cours d'eau avait creusé tout cela, tranquillement. Mes fantasmes guerriers en avaient fait le site idéal pour tourner une scène de bataille du temps de Guillaume le Conquérant. Sur les hauteurs régnait la forêt dont les arbres à l'orée étaient taillées à la même hauteur, celle du cou tendu des vaches par-dessus les clôtures, une forêt dont mon imaginaire d'enfant avait fait le berceau de la mort du cygne de Tchaïkovski que mon institutrice de CE2 nous avait fait écouter un samedi matin. L'endroit exact se trouvait donc entre le dos de la maison et la forêt derrière, c'est sûr et certain.

Dans cette vallée primitive se trouvait également un beau manoir dont la ferme attenante était un miracle de poutres et de torchis et dans ses bassins à l'ombre de marronniers centenaires barbotaient deux cygnes. Faut peut-être pas chercher plus loin leur mise à mort en musique derrière chez nous.

Mémé avait donc commencé son long apprentissage de mémé, ici, dans une Normandie intacte, à deux pas pourtant de Honfleur et de la Côte de Grâce qui vous mènent sur les planches ensablées de Deauville.

Elle est née à deux pas de la mer. Mais la terre c'est la terre, et la mer c'est la mer. On n'y allait jamais, trop de monde, trop loin, et puis pour y faire quoi ? Les seules fois où nous sommes partis ensemble sur la côte, c'était pour y cueillir des moules, à Hennequeville. Mémé à la plage, la blouse remontée comme les femmes dans les rizières, mémé pieds nus, paysanne de la mer cueillant les moules. Je ne suis pas certain que tu prenais le temps de t'adosser à un rocher pour regarder les vagues lécher tes pieds. Les seaux remplis on repartait gratter et manger les moules, trempées d'une ondée de crème.

Le monde s'imagine que la Normandie est une suite de plages que l'on prend par la mer à la hussarde et en treillis en temps de guerre et par-derrière en 4 × 4 noirs et en famille Lacoste en temps de paix. Mais la Normandie est née à Saint-Pierre-du-Val.

Le vrai maître des lieux était l'instituteur, c'est lui qui savait quoi mettre sur les papiers que réclamait l'administration. Un certain M. Feret, un instit grand comme un Viking, aux sourcils blancs et en jachère, qui avait placé sa fille en pension à Rouen sur le boulevard Beauvoisine chez les Torreton.

Un instit qui lançait son sabot dans le fond de la classe quand les récalcitrants récalcitraient, qui jouait de la règle sur les mains fautives, n'en déplaise à certains, les fonds de classe étaient les mêmes que maintenant. Un instit qui continuait son travail bien au-delà des heures d'ouverture de sa classe et des limites géographiques de celle-ci. La preuve en est que la famille de mon père a croisé celle de ma mère grâce à lui, certainement en parlant le soir à l'école ou chez mémé, en buvant sur la table un coup de café. Et sûrement qu'il a dû répondre à la proposition caféinée un « s'il y en a de fait » de politesse, car il devait savoir qu'ici comme ailleurs, là où ça bosse dur pour des clopinettes, il y a toujours du café de fait. Il est fait le matin et se réchauffe au coup par coup à la demande et même que de temps en temps quand la casserole au fond tordu et bombé devait commencer à chanter en postillonnant son jus noir, un « café bouillu café foutu » devait se faire entendre dans la pièce.

Quand mémé a vu le jour dans cette vallée, il ne devait pas se trouver de monument aux morts dans le cimetière communal. Je doute que la guerre de 1870 ait fauché beaucoup de monde par ici. Les dernières batailles concernant le secteur devaient remonter au temps où la guerre faisait un bruit de quincaillerie ambulante, on y tirait à l'arc en faisant un doigt d'honneur à l'ennemi. Elle est née avant la Première Guerre mondiale, celle que préférait Brassens. Elle est née sans plastique, sans téléphone, sans radio, sans télé, sans mails, sans cliniques ni pédiatres, sans congés de maternité. Elle est née sous un ciel sans ces rails de nuages qui trahissent l'avion de ligne, elle est née quand notre République n'avait fait que trois petites. Quand la France avait des Noirs, des Jaunes et des Arabes qui bossaient et mouraient pour elle au nom de sa grandeur, tous ces gens qui ne sont pas assez rentrés dans l'Histoire comme disait un certain. Diên Biên Phu n'était encore qu'une cuvette paisible pleine de buffles noirs et les Aurès ne posaient pas trop de problèmes aux jeunes de vingt ans.

En 1914, quelques mois après Nixon, ma grand-mère a vu le jour. Elle est née à une époque où lorsque les gens étaient filmés, ils se mettaient à marcher de manière saccadée, pas naturels pour deux sous. Même les chevaux et les voitures allaient très très vite dans les rues. Les gens ouvraient la bouche mais n'émettaient aucun son, on n'entendait que le piano qui devait se jouer hors champ.

À cette époque Internet c'était le marché, la Toile c'était de la toile de bâche, on « chattait » devant les étals, au cul des vaches, au-dessus des cages à poules et des cageots de légumes. Une fois le marché fini, fallait attendre la semaine suivante pour avoir du réseau, sinon il fallait changer d'opérateur en allant sur un autre marché, dans une autre bourgade se terminant en « ille », Beuzeville, Fort-Moville, Triqueville, Fatouville, Toutainville, Martainville, Trouville, Hennequeville, Conteville, etc.
Ces bleds avaient beau se terminer pareil, si vous veniez de Triqueville vous étiez à jamais un gars de Triqueville, pour les autres vous étiez étranger, un horsain, comme dans la Normandie des riches, de l'autre côté de la Seine. Quelques kilomètres, des champs, un bois, une rivière, la même pluie, les mêmes routes toutes pareilles et pourtant vous n'étiez pas du coin.

Un an après sa naissance, l'Europe comprenait trop tard malgré Jaurès que

cette guerre-là devait être la dernière !
Elle a grandi pendant une drôle de Paix.
Persuadés qu'ils étaient que leurs réunions
leurs pactes et leurs traités relégueraient les
guerres dans les remises de l'Histoire. Mais
tout en signant tout ça ils fermaient déjà les
yeux sur des inacceptables un peu partout
dans le monde. On enterrait pour la troisième fois Jaurès mais cette fois avec
la république de gueules cassées derrière le
cercueil et on se savait dindons, ou picots,
comme disait mémé, d'une farce amère car
« allez, il y aura toujours des guerres toujours ! » disait Dorgelès.

Et il y aura toujours des mémés comme la
mienne qui se la prendront en pleine poire,
venant plomber sa petite enfance et noircir
à jamais de sa suie de mort ses trente ans !

Quand les boches sont revenus pour la
deuxième couche, ma grand-mère était seule
ou presque, son mari Lucien était faible,
pas de sang comme on disait, et dans ces
campagnes-là, être faible c'était boire. Et il
buvait Lucien ! Normalement, son travail
était de fabriquer des sabots, mais très vite
son activité s'est limitée à accepter n'importe quelle tâche à droite et à gauche pour
quelques verres de goutte.

Une ferme, c'est dur à tenir mais une ferme sans mari, c'est un enfer et les flammes de cet enfer un jour ont brûlé le ventre de ma mère. Elle avait trois ans comme la guerre, son père somnolait sur la table, elle jouait avec une pelle à cendre restée dans les braises... Il paraît que les cris se sont entendus jusque dans l'étable... Mémé est allée chercher une bonne femme qui avait la réputation d'éteindre le feu comme on disait, elle a veillé la petite pendant des jours en psalmodiant des prières et le feu est parti plus loin tourmenter d'autres corps... Une autre fois, ce fut Bijou la jument épaisse qui la sauva. Elle refusa de faire tourner la meule du pressoir, une énorme pierre ronde qui écrasait les fruits, ma mère s'y trouvait, endormie sur les pommes dans la rigole. Son père n'avait rien vu mais la jument l'avait sentie, Bijou fut frappée mais elle tint bon.

Trois filles, dont une en bas âge, une ferme rafistolée, quelques bêtes et un mari qui dormait dans la carriole au retour du marché, la jument en GPS, voilà l'état de ses troupes lorsque le fridolin a rechaussé ses bottes noires. Loup y es-tu ? M'entends-tu ? Je contourne la ligne Maginot par les Ardennes...

Ils sont venus chez mémé les chleuhs. Ils faisaient sauter la petite « Chôdine » sur leurs genoux pendant que ma grand-mère remplissait leur sac en toile de lait et de cidre, un œil sur le grenier où de temps en temps le petit frère et ses camarades de maquis venaient se faire oublier. Ils venaient chez elle se refaire une santé. Les Allemands dans la cuisine et une partie du réseau Surcouf dans le grenier, un mari aux fraises et trois filles à mener au bout, fallait savoir serrer les dents sous la peur ! Tu m'as dit un jour qu'une femme du réseau, descendue du grenier, avait laissé hurler sa rage face aux deux ou trois Teutons qui prélevaient leur dîme au nom du Reich. Elle leur a balancé tout ce qu'elle savait, des mots de larmes et de sang, les trains sans retour, les enfants étoilés, les exécutions d'otages, tout. Tu te pensais foutue, tu te voyais déjà partir en camion bâché avec tes filles.

Pauvre mémé !

Où étais-tu lorsque le messager de la mort est venu vous le dire ? T'avais trente ans et trois mois. Que faisais-tu ? Étais-tu à l'étable ? Aux champs ? Quelqu'un est venu. Un voisin, un parent pour te dire que ton petit frère avait fini de vivre. Le résistant avait cessé de résister, une balle est venue lui faire un trou le jour J. Le jour le plus long fut le plus bref pour ton Bernard, sûrement réveillé à l'aube par message codé, « la petite a la varicelle » ou « la mère Michelle a perdu son chat ». À peine le temps de dire adieu à sa belle de Conteville, sa presque déjà veuve, il est parti dans la nuit et l'aube n'a pas voulu de lui, le soir ou le lendemain quelqu'un a dû vous le dire... L'hiver est arrivé au mois de juin en cette année 1944.

Et le silence a redoublé d'effort sur cette famille déjà taiseuse.

Ton père a dû ruminer tout seul sa peine et sa rage en bout de table et le résultat de son brouet tragique fut la haine.

Il s'agissait juste d'emmener quelques bœufs d'un herbage à un autre, car la ferme continuait. La ferme s'en fout des morts. Un voisin était là pour le coup de main, ils devaient marcher lentement en empêchant que les bêtes se goinfrent d'herbes sur les talus, une badine de noisetier dans les mains pour rectifier les trajectoires gloutonnes. Des jurons devaient tenir lieu de conversation, déjà en temps ordinaire ça ne devait pas causer bien longtemps mais là, tout le monde avait le malheur en tête. Et puis une patrouille d'Allemands piqués au vif par les plages envahies passait par là, il fallait se planquer, les laisser rejoindre la côte pour tenter de juguler cette déferlante d'Américains. Oui, il valait mieux se cacher, l'Allemand était nerveux en ce temps-là, son mur de l'Atlantique prenait l'eau par la Manche.

On ne sait pas trop bien ce qui s'est passé, et ceux qui savent n'étaient pas causants, mais sans doute que mon arrière-grand-père a dû penser que c'était le bon moment de dire tout haut ce que son silence lui faisait marmonner tout bas, qu'il était grand temps de remettre ses larmes à couler dans le bon sens, elles qui noyaient ses pensées plutôt que ses mains calleuses depuis le 6 juin, qu'il était grand temps de faire part à l'occupant de son impatience à ne pas attendre les résultats des courses à Deauville pour célébrer la fin du Reich, que pour lui le devoir de mémoire commençait maintenant. Il paraît qu'il s'est levé du talus derrière lequel il se camouflait et qu'il a insulté la troupe de « Gott mit uns ». Le voisin a entendu des cris, des insultes et puis une rafale et puis un corps de plus rendu immobile par la guerre, un corps dans le fossé, percé, avec plusieurs trous rouges de tous les côtés. Le dormeur de Saint-Pierre-du-Val c'était mon arrière-grand-père, vieux Rimb', il s'appelait Albert Gosselin.

Un autre mort à annoncer à mémé sans pincettes comme on regarde la tempête arracher la toiture, comme on regarde la pluie noyer la récolte...

Au cours d'une partie de Scrabble dominicale, entre deux mots simples et francs – car tu n'allais jamais dans le dico glaner des mots tordus qui rapportent des points –, tu nous lâchas, sans peut-être beaucoup plus d'à-propos que le mot lui-même placé sur le plateau du jeu, que tu faisais souvent ce rêve dans lequel tu te reprochais de ne pas assez fleurir la tombe de ton petit frère. Presque chaque nuit...

Le malheur a la vie dure, comme ces vieilles souches qui ne veulent pas crever, ça repousse toujours, ça se faufile sous les pierres et les planches dans les brèches du sommeil et ça pousse la conscience à pleurer encore et encore. Ton petit frère, tu devais l'aimer plus que ton mari… Je me souviens que tu avais de la peine quand son nom n'était pas cité dans les articles relatant les commémorations. Il est pourtant bien sur le granit tout de suite à gauche en entrant dans le cimetière de Saint-Pierre-du-Val, deux noms, le père et le fils, deux des trois hommes de ta vie…

Rêver avec le V sur lettre compte double, douze points.

*
* *

On s'étonne après, un samedi soir, de voir mémé dans sa cuisine nous préparer un dîner l'air sombre mais sans plus, de ces airs qu'on peut avoir pour des conneries de la vie, pour des soucis, sauf que dans la semaine c'était son second mari, pépé, M. Porte, Marie-René de son prénom, qui s'était tué à Solex sur le plateau là où la Luftwaffe, jadis, avait décidé d'ouvrir la cage aux V1.

Nous étions en 1974 au mois de mars. Mon père était rentré plus tôt que d'habitude de son travail et rien que ça c'était grave. Ce qu'il venait dire à ma mère allait donc de soi. Dans ma tête c'était un jeudi évidemment, mais la réalité a peut-être choisi un autre jour pour tuer mon second grand-père.

Il fallait deviner ce qui se passait, les yeux rougis de maman, et l'air grave de papa et puis vite les mômes chez la voisine de palier, le temps de craquer et de passer deux ou trois coups de fil aux sœurs pour être bien sûrs ensemble que pépé était mort !

Le week-end suivant, comme tous les week-ends, on allait chez mémé. Je ne voulais pas y aller, j'avais peur de voir son chagrin, peur de sa peine.

Je n'avais pas beaucoup de larmes pour pépé, j'étais jeune et l'enfance avait choisi son camp émotionnel. Non, ce qui m'inquiétait c'était la peine de mémé. La peine était là, mais son petit frère Bernard qui était parti le jour J et le coup de sang fatal de son père lui avait pris les larmes les cris et les malaises qui vont avec...

Ton premier mari, Lucien, a terminé sa course désespérante sept ans avant. Maintenant c'est ton second, et ton frère aîné, le dernier, partira quand même avant toi. Ça tient pas le coup les hommes, les mémés sont plus solides.

Ce fut donc un week-end comme d'habitude avec sans doute un poulet ou un lapin, la « soupe pourrie » et le pain de la livraison du mercredi.

Mais sans pépé.

Pépé, un homme que t'a pris sous ton aile en 1952, un an après ton divorce, un homme seul avec cinq enfants, leur mère ayant été emportée par une maladie. Et toi tu as pris tout le monde sans compter, sans chichis, ses gars qui étaient durs comme des nœuds mouillés et la petite Annette handicapée. Et puis, comme si c'était pas assez, t'en as refait un avec lui. Alain, tonton Alain, le trait d'union de ses deux familles réunies par mémé, la clef de voûte, celui qui dormait tard le matin, qui collectionnait les carcasses de bagnoles dans la cour tout autour de la maison, celui qui écoutait de la musique à fleurs et en cheveux longs, en Ray-Ban et en blouson. « The House of the Rising Sun », c'était chez mémé. Quand il se réveillait, pépé et mémé avaient déjà abattu une journée de travail, il buvait son premier café dans les odeurs d'oignons et de soupes.

Parfois ses potes restaient dormir chez mémé. Ils se réveillaient habillés, j'en ai vu un se tremper la tête dans le bassin attenant à la maison en guise de toilette. Tout ce monde repartait dans leurs R8 pas tout à fait encore Gordini mais avec les roues bien inclinées déjà.

Parfois ça devait gueuler quand même un peu, les horaires de la ferme et ceux du rock devaient avoir du mal à s'harmoniser, car je me vois encore collé à la blouse de mémé en répétant « Alain il est un peu saignant »... À l'époque j'avais un cheveu sur la langue !

Alain, il appelait mon petit frère « Bouloum » et j'adorais ça, Bouloum, c'était génial. Alain était beau et doux et ma mère l'aimait. Il vivait avec notre mémé, alors nos raccourcis d'enfants ont rebaptisé Denise Porte, notre grand-mère, en Mémé-Alain.

Donc si on fait les comptes, « Mémé-Alain », quand je t'ai connue, tu avais des poules, des lapins, des picots, des vaches, j'ai le souvenir aussi d'un bourri qui gueulait, d'un cochon en bas dans le fond de la cour, des pommiers. Tu avais trois grandes filles mariées qui avaient sept enfants, cinq grands marmots devenus adultes qui venaient de pépé qui avaient eux-mêmes une dizaine de petits et un fils qui se levait tard. Tout ce monde-là revenait téter régulièrement à la ferme, nous c'était tous les week-ends…

Tous mes samedis et tous mes dimanches, toutes mes vacances de la Toussaint, toutes mes vacances de Noël, toutes mes vacances d'hiver avant que l'on ne découvre les vertus et les moyens d'aller à la montagne, toutes mes vacances de Pâques et mes juillets et mes aoûts je te les ai donnés. Je n'avais pas le choix tu vas me dire, mais je te les ai donnés quand même. Il n'y a que l'adolescence, quelques filles et le théâtre qui nous en ont dérobé une poignée.

Mais les pires fins de semaine de ma vie sont celles qui se passaient sans te voir alors que j'étais là, que nous étions là, en face, à deux herbages, à une rangée de têtards mouillés, à une grosse flemme de toi au chaud dans le pavillon parental et toi avec ton poêle au mazout.

Lorsque nous arrivions en week-end dans notre maison, mémé venait toujours plus ou moins rapidement pour nous voir, les mains pleines, toujours. Et puis ma mère a voulu prendre ses distances avec la sienne. Elle se disait que bon, après tout, ce n'est pas parce qu'on habite le champ d'en face depuis quinze ans, que mon mari s'est improvisé paysan sous les sarcasmes du coin, que nous nous sommes mariés dans la petite maison de mémé, que tous nos week-ends et toutes nos vacances depuis ce mariage se résument à se rendre chez mémé, dans un premier temps, puis dans la pièce du bout, quand le plan épargne logement n'était pas encore assez rempli, puis en face dans la « maison à Goblot », et enfin dans le plan épargne logement qui s'était transformé en un petit pavillon typiquement pas normand et livré en kit, pas fini, pour cause de faillite de l'entreprise bidule, bref, ce n'est pas parce que tout ça et patati et patata et tu comprends Philippe, si on ne met pas le holà, on se retrouve avec mémé tous les week-ends à la maison. Comme si mémé était envahissante, comme si nous ne l'avions pas été depuis au moins trente ans. J'avais du mal à comprendre, mais cette émancipation tardive de ma mère faisait que je restais parfois comme un con avec mes Lego et mes fiancées de la Redoute, sans même aller lui faire un petit « boujou », solidaire de la cause maternelle. On pouvait y aller, ma mère ne nous en empêchait pas, il n'y avait pas de fâcheries ni de froid, mais un marquage de territoire. Pour moi, un temps d'évidence était parti, avant nous allions chez mémé et après nous allions chez nous en week-end. On disait « en face », on habitait en face, ne pas aller la voir une fois rendait plus difficile la fois d'après. La brèche était faite, le temps avait maintenant tout son temps pour espacer nos rencontres.

Lorsque nous repartions le dimanche en fin d'après-midi, une fois le portail franchi, nous allions vite fait lui dire au revoir. On la trouvait en train de souper, elle dînait tôt, parfois un simple coup de klaxon de chez Renault 18 était censé lui signifier qu'on partait, mais ces quelques fois, si un jour j'ai une sorte de cancer, il aura commencé là.

Le trajet de retour se transformait en une longue route à genoux. Si mémé meurt lundi ou mardi, ou jeudi évidemment, eh ben tu seras comme un con toute ta vie à regretter de ne pas avoir bougé tes fesses pour les asseoir sur le Formica de mémé...

Parfois elle avait du monde, et ce monde faisait que des voitures connues ou non identifiées ralentissaient en passant devant chez nous. On venait lui rendre visite, alors bon, ça allait, mon remords négociait une remise de peine. Mémé avait de la visite, elle n'était pas seule.

Ma mère le faisait exprès pour l'obliger à voir le reste de la famille. Sa fille à deux pas de sa porte ne l'incitait pas beaucoup à prendre sa voiture pour aller chez les autres, et les autres devaient penser que mémé préférait être chez nous. Ça créait des jalousies, des tensions peut-être, mémé appartenait aux autres... N'empêche, comment ne pas regretter ce temps béni où toute la famille essayait de se garer le dimanche dans le petit chemin de mémé. Cet embouteillage familial était bon signe, les petits cailloux semés étaient toujours en place, tout le monde pouvait encore retrouver le chemin.

C'était plus simple, mémé était chez elle, et tout le monde rappliquait.

*
* *

Les appartements en ville sans jardin, sans poules, sans atelier pour bricoler devaient faciliter la migration hebdomadaire chez mémé. Les pavillons blancs n'étaient que des projets, les plans épargne se fourbissaient dans les Crédit agricole, alors les « Guy » les « Roger » et les « Jacques » mariés aux « Lucette » aux « Colette » et aux « Claudine » venaient s'aérer à Triqueville, se féliciter d'avoir cette tranche de campagne à mettre dans le sandwich de leur semaine urbaine. Ils venaient là sous l'œil de mémé se raconter les cinq jours précédents et reprendre de l'élan pour les cinq suivants. On parlait voitures, on rouspétait mômes, on s'angoissait boulot, on murmurait dépression, on bougonnait politique, on savait ce qu'on savait et on verrait ce qu'on verrait, et tout ça la bouche pleine.

Parfois des corvées collectives nous attendaient, faire du bois, ramasser les pommes, renforcer une charpente, récurer un bassin, planter des pieux et tendre une clôture, ça repoussait l'heure du déjeuner mais je voyais déjà mon appellation d'origine contrôlée se profiler. On passait à table quand les outils étaient remisés, les semelles décrottées, les paumes propres et le Ricard englouti, ça faisait long pour les gosses alors on mangeait plus tôt mais après la ferme était à nous... On regardait du coin de nos bêtises coupées en quatre la petite maison de mémé se repaître de cette grosse bouchée familiale, les ampoules allumées dès l'apéritif lui faisaient pétiller les yeux, la maison savourait. Pendant ce temps-là, on essayait de tuer les rats sous la « chartrie », on faisait des potions à base de bouses, de pommes écrasées, d'eau noire de la mare, le bois de chauffage de mémé brûlait sous nos marmites, ça bouillait. On jouait dans les carcasses de voitures qui donnaient à la maison de mémé des allures de casse, sans moteurs, sans roues, plantées dans l'ortie mais on partait quand même. Alain avait construit un garage au bout de la maison, avec une fosse pour les vidanges et les réparations par en dessous, un vrai garage avec des calendriers d'une marque de filles exhibant des pneus à poil.

Ça sentait bon le sang mécanique et l'haleine de voiture, cette odeur de vieille bagnole, faite de tissu humide et de tôle rouillée...

Ce garage était une mine d'or pour nous qui cherchions sans cesse à améliorer nos armes de noisetier, nos canons à pétards, nos cargos transbassin. Des outils traînaient partout, il n'y avait qu'à se servir, sans risque de se faire engueuler d'avance par notre père, comme c'était le cas lorsqu'on fouillait dans ses affaires.

Régulièrement, un éclaireur était envoyé dans la maison pour savoir où en était le banquet. Aux œufs farcis, au pâté de lapin, aux truites aux amandes, au poulet rôti, au pont-l'évêque, au livarot ou au camembert ? On ne voulait pas rater les beignets aux pommes. Les rats, les potions, les Allemands, les poursuites en bagnole pouvaient attendre, on laissait tout en plan pour se brûler la bouche en avalant cette friture, on préférait se tortiller les jambes pour cause de besoin pressant plutôt que de céder sa place.

La famille ne se levait qu'à la nuit commençante, les hommes à tour de rôle partaient sur le chemin pour faire « chauffer la voiture » et pisser un coup, pendant que les femmes débarrassaient la table et faisaient la vaisselle. Nous on partait plus tôt car il fallait rentrer sur Rouen, tout le reste de la famille habitait à une quinzaine de kilomètres à la ronde. Les bisous pleuvaient pendant que les voitures tournaient. Il fallait gratter le pare-brise l'hiver et faire tourner le chauffage à fond pour que le Skaï de la 204 break retrouve une température positive.

Après, c'était le retour à deux à l'heure, prudence, boire ou conduire à l'époque on ne choisissait pas on faisait les deux et on fumait des Gauloises sans filtre...

Et puis un jour les filles se sont révoltées contre leurs maris rougeauds du dimanche soir, aussitôt ordre fut donné à mémé de ne plus organiser de déjeuners vikings avec deux entrées, une chaude, une froide, puis deux plats, puis du calva, puis du fromage, puis un dessert café et recalva... et puis les plans épargne logement sont arrivés à terme...

*
*   *

Il fut donc un temps où un poulet, une poule, un coq, un lapin ou un canard se devait de disparaître pour la bonne cause. Quand mémé donnait la mort, elle s'éclipsait en silence, on ne la voyait jamais partir avec un couteau vers le clapier ou le poulailler... Un silence régnait et de ce silence un animal sans plumes ou sans poils se retrouvait dans un plat, tiède encore d'une mort si fraîche.

Elle se cachait et moi aussi.

J'ai tout vu, le lapin nu et le gris-vert-rose des viscères qui sortent comme le ressort mou d'une boîte à mécanisme, sa peau retournée comme un gant. Mémé leur laissait des chaussettes de poils... J'ai vu les plumes ébouillantées et fumantes des poulets, le cochon brûler sur son lit de paille, j'ai vu la taupe étranglée dans son piège et la pie crevée pendue à l'arbre, j'ai vu la vipère tapée et la guêpe écrabouillée par la main de mémé...

Et puis j'ai vu mémé à l'hôpital.

*
*   *

Pour leur faciliter les choses, elle avait perdu du poids, beaucoup, elle s'était divisée par trois, et par instinct elle avait laissé une partie de sa raison dans son potager entre deux rangs de poireaux. On ne meurt pas toujours au combat mémé, même lorsque l'on fait tout pour…

Un de ces jours pénibles autour de Noël où l'organisation familiale compliquée aboutit à des résultats absurdes, je me retrouvais seul à venir manger chez mes parents. À peine descendu de la voiture louée pour la circonstance, un euphémisme de ma mère me cueille sur le pas de la porte d'entrée, « mémé ne va pas très bien ». Les noms de médicaments rentrent par une oreille et ressortent immédiatement par l'autre, je retiens parkinson, démence, surdose, paralysie… Je leur donne mes cadeaux, on s'installe pour dîner autour de la table ronde, aussitôt surgissent des souvenirs de Noëls immenses avec cousins et cousines, des Noëls de mémé qui nous regardait, et là je me retrouve seul avec mes parents. Je me force à leur poser quelques questions sur leur réveillon chez mon frère, mais je m'en fous. Ce soir la vie est nulle, la vie n'a pas le sens des vies qu'elle engendre comme certains comédiens n'ont pas le sens du spectacle. Pour mémé elle a bâclé la fin, comme un auteur pressé.

« La Mama » se fait entendre sur la petite chaîne hi-fi de mes parents, mon père l'aime bien, c'était mon cadeau, une compile des succès de Charles Aznavour. Du fond de son manque de calcium chronique ma mère trouve un ressort chimico-comique pour dire que c'est de circonstance. Du coup on passe à la plage suivante, « You are the one for me for me »... De toute façon nous ne sommes pas tous là contrairement à la chanson, nous ne sommes que trois et mémé ne va pas mourir ce soir, on ne meurt pas comme dans cette chanson, jamais. Finalement il y a deux sortes d'artistes, ceux qui donnent à voir et à entendre ce que les gens veulent voir et entendre et ceux qui parlent de la vie telle qu'elle est. Mémé aimait Aznavour – même si elle lui préférait Florent Pagny – mais Aznavour n'a pas parlé de la mort de mémé, parce que la mort de mémé c'est une odeur fade de vieille sueur qui se mêle à celle écœurante des plateaux-repas empilés sur les chariots croisant d'autres chariots équipés ceux-là de produits d'entretien, de poubelles béantes parfumant les couloirs de cet hôpital pour vieux qui se meurent, de senteurs de merde et de pisse. Cette fiente humaine qui ne sert à rien, elle ne peut qu'embaumer la mort qui rôde en faisant un bruit de chariot, elle ne fertilise aucun rang de patates, aucun massif de fleurs, elle ne sera le paradis d'aucun insecte ni ver de terre. Le cycle de la vie se retrouve piégé par une couche-culotte pour senior et emprisonné dans un sac en plastique vert.

La mort de mémé ce sont des posters de chatons mignons collés à la Patafix sur les murs, des images de jolies fleurs et de consignes d'hygiène et de sécurité, ce sont des sourires de femmes qui parlent fort, même quand les vieux ne sont pas sourds. Elles n'ont pas le temps de distinguer, elles sont dévouées et gentilles pour la plupart, elles font ce qu'elles peuvent avec les moyens qu'on leur donne pour mettre des formes à la mort qui a décidé de jouer encore quelque temps avec ses proies.

La mort de mémé, c'est un parking sur lequel je traîne ma tristesse avant de monter. Une dernière cigarette et j'y vais. Mes parents sont là-haut dans sa chambre, j'arrive de Paris, elle est maintenant à Pont-Audemer dans le secteur des vieux qui meurent lentement, elle parlait encore à l'hôpital de Lisieux, mais là, dans cette chambre, la mort prend ses aises, elle lui a dit de se taire.

Alors mémé parle dans le souffle, elle profite de cette fonction vitale pour glisser quelques mots ficelés ensemble dans un linge propre, des mots de contrebande, des mots qui sortent de sa bouche poussés par l'intuition d'une fin prochaine ils ne veulent pas rester coincés à l'intérieur, ils se bousculent, des mots qui quittent le navire mémé. Les mots féminins et enfantins d'abord, le maître mot lui, restera à bord, il sombrera avec mémé. Il faut se pencher au-dessus d'elle pour l'entendre, souvent je ne comprends rien et je fais un oui de la tête, on ne sait jamais, je n'ose pas la faire répéter...

La mort est un bordel, les vivants s'inventent des mises en scène, des synopsis de fin de vie idéale. On se renseigne, on se « Marie de Hennezel », on « s'emboudhisme », serrés dans nos costumes de trouille, mais la mort s'en cogne. Elle est ivre et négligente, elle n'est ni à l'heure ni soignée, elle pue sous les bras et se mouche dans les linceuls, elle est ni Dieu ni maître, elle peut donner une fin idéale à la pire des saloperies que la terre puisse porter et faire chier ma mémé pendant deux ans sans savoir quoi faire d'elle, comme si elle avait égaré sa fiche dans les cadavres de bouteilles de Mort Subite.

La mort n'a rien dans les bras, elle fait maigrir les vieux avant de les tutoyer, même pas capable de les emmener tels qu'ils sont avec leurs gros ventres, leurs phlébites et leurs grosses poitrines opulentes. La mort se venge de la vie dans cet hôpital de Pont-Audemer... Dans le couloir défilent les ceux qu'ont le droit de marcher encore un peu, mannequins terribles de la collection du prêt-à-mourir printemps-été. Ils déambulent, ils s'agrippent aux rampes, certains restent en équilibre sans aide, sans rien d'ergonomique, petit plaisir de la mort qui refait goûter un peu de l'aventure d'être debout, et puis au fond du couloir, comme dans les défilés, il y a la robe de mariée, en chemise de nuit un peu blanche qui sent la pisse. Elle gémit et rend chèvres les infirmières...

Au moins la mort t'aura épargné les déambulations sadiques dans le couloir. Ta période chemise de nuit et l'air méchamment perdu tu l'as eue chez toi dans ton chemin, ma mère t'a rattrapée à temps, tu voulais aller à l'école avec tes copines

Charlotte et Thérèse, tu t'es rebellée enfin mais en prenant ta propre fille pour à peu près tout le monde sauf pour ta fille. C'était trop tard...

Après cela, un lit médicalisé a réussi à se contorsionner pour rentrer dans ta chambre. Quand je revois la taille de ta chambre, je me dis qu'ils ont dû le rentrer en poudre et le réhydrater après à l'intérieur. On t'a mis une sonnette verte autour du cou pour appuyer dessus en cas de chute, une jeune fille venait tous les jours pour prendre soin de toi et faire ton ménage. Toi qui as pris soin de tout le monde tu devais mordre ta chique de ne pas pouvoir te lever et te faire à manger. Parfois tu profitais de la sieste de monsieur Parkinson pour faire quelques pas, un temps fou se passait entre la décision de te lever et les prémices du mouvement, souvent tu comblais ces temps morts comme un comédien qui a un trou, tu disais « faut que ça revienne » et puis, miracle, l'ordre de marcher arrivait enfin aux jambes qui se mettaient alors à faire des petits pas saccadés. De ta tête à tes jambes c'était comme de la Terre à la Lune, les ordres mettaient dix minutes à arriver...

C'est cela que ma mère voulait me faire comprendre en m'accueillant sur le pas de ce 25 décembre, elle venait de se faire engueuler par sa mère la prenant pour sa mère, ou par une vieille petite fille la prenant pour une punition…

*
* *

À Saint-Pierre-du-Val, mémé, tu me disais qu'une dame blanche faisait peur aux habitants la nuit, elle faisait beugler les vaches et hurler les chiens. J'adorais cette histoire de vieille ou de jeune folle faisant de sa démence un personnage avec costume et gestuelle, la nuit et la brume des champs lui offraient un cadre plus majestueux qu'une salle commune d'un hôpital psychiatrique. J'adorais ce retour au sauvage. Voulais-tu partir comme elle ? En chemise et en hagard dans ta campagne, à parler toute seule à tes copines sous les étoiles d'un beau garçon qui te plaît, en pouffant comme une chipie, en parlant baisers bisous bezette, en mettant ta main devant ton visage pour rigoler, assise sur un portail en fer, un œil sérieux sur le cadran lunaire pour ne pas rater l'heure de la traite des sangliers ?

Tu voulais y aller à mains et pieds nus pour la lutte finale et tu te retrouves en alèze et morphinomane dans cette aile pour brisés d'un hôpital de chef-lieu de canton.

Ils sont venus ils sont tous là, presque, en ordre dispersé, mais ça défile, les infirmières sont contentes pour elle, les oubliettes existent encore elles le savent bien. Pour mémé c'est la procession, on se téléphone pour ne pas créer de bouchon.

T'as droit aux bonbons, gueule sucrée, aux gâteaux secs, on sent que c'est la fin car personne ne vient t'emmerder avec ton cholestérol. Mais là encore, c'est trop tard, c'est petite fille que t'aurais aimé te faire des caries au sucre, des chiques de caramel au beurre salé. Maintenant t'as plus assez de salive pour faire glisser tout ça, alors les friandises s'accumulent sur la petite table avec les fleurs et petits mots gentils comme les algues sur la plage une fois la mer retirée...

On s'emmerdait dans cette chambre, je peux te le dire maintenant mémé, moins que toi sûrement. Il n'y avait rien à faire. Une fois changée l'eau des fleurs on restait un peu comme des désœuvrés, des hordes d'anges passaient dans nos silences sans se presser. Chez toi il y avait toujours des bricoles à réparer ou à transporter, à jeter, à brûler ou à retrouver. On voulait te faire plaisir ? On prenait une faucille et on faisait les chardons du fond de la cour avant qu'ils ne fleurissent, on coupait un peu de bois, on passait la tondeuse, un petit sarclage, un bout de clôture, un seau de déchets à porter aux poules. Chez toi, on arrivait avec nos mains porte-plumes et on repartait avec nos paumes à pioches. Même vider la fiente de poules en plein été – tâche qui d'ordinaire me faisait monter des haut-le-cœur lorsque ma fourche-bêche soulevait d'un coup trois ans de déjections de gallinacés bien nourris – m'aurait fait plaisir plutôt que mon silence aux pieds en dedans à ne pas oser te parler sous l'œil de la Faucheuse...

La seule chose que je voulais faire avec toi, je ne me suis pas autorisé à le faire, m'allonger contre toi, sur ce lit, et dormir avec toi, laisser les sensations et les souvenirs ensemble papoter à l'ombre de nos corps empêchés... Mais tu n'as jamais été très bavarde de toute façon.

Parfois ton esprit embrouillé trouvait des récréations. Un jour que je regardais par la fenêtre de cette chambre en transit, tu me signalais qu'« ils » n'avaient pas fermé la barrière et que du coup les vaches venaient manger les géraniums sur la fenêtre. Évidemment il n'y avait ni vaches ni clôtures ni géraniums à l'horizon, mais c'était bon de t'entendre un peu. Pas de problème mémé, j'irai la refermer en partant et passerai un savon à l'accueil pour « leur » dire de faire attention aux bestiaux.

Sans se le dire, comme on sait le faire dans ces milieux-là, en attendant qu'une loi fasse son travail d'utilité publique, on commence à évoquer la fin, on laisse entendre qu'il suffit maintenant de peu de chose, une pichenette chimique, il suffit de s'y résoudre. La crainte de ma mère qui a décidé de faire sa vie à côté de la sienne et de rater le moment de se dire adieu peut se rassurer... Ils seront là, trois filles, un fils, et une caresse de morphine supplémentaire viendra terminer le travail bâclé de la mort bordélique partie sur d'autres chantiers sans avoir terminé le travail ici.

Quelque temps avant, j'avais pris mon courage à deux larmes pour lui dire à moitié couché sur son lit à l'oreille que maintenant elle pouvait y aller, que tout le monde avait grandi, avait femme et mari ou presque, que les maisons étaient bâties, que les emprunts au Crédit agricole couraient, que les petits-enfants avaient compris dans quel sens il fallait pousser. Sa mission était accomplie, simplement, normalement...

*
* *

Tu peux partir mémé, on va s'en sortir, ni riches ni pauvres on est là sur cette terre avec de quoi tenir dans ce monde difficile.

On sait d'où l'on vient maintenant.

On a un toit à jamais, une terre pour toujours.

On peut mettre un doigt sur la carte mondiale des sentiments et se dire « je viens de là ».

Tu peux y aller mémé. Lâche l'affaire. Tu peux partir en vacances pour la première fois de ta vie.

On sait faire des choses grâce à toi. Tu ne m'as pas fait découvrir Mozart, ni Shakespeare, ni Rimbaud. Tu ne m'as pas emmené à l'opéra, on ne courait pas les expos – tes tableaux se résumaient à des couvercles de boîtes de chocolats que tu trouvais jolies et qu'un gendre bricoleur encadrait –, pas de dîners de réseaux, pas de soldes privés ni de défilés de haute couture, pas non plus de parties de chasse ni de séjours sur la Côte d'Azur. Mais je connais grâce à toi la vie qui pousse derrière les étables, cette vie d'herbes longues comme la pluie, cette vie acide et moite. Je connais l'endroit exact où poussent les secrets, où se complote le « plus tard » avec les cousines, je connais la vie des bassins pleins de lentilles d'eau et de notonectes, de dytiques et de larves de libellule, la vie des talus tout en frênes et en sureaux sucrés, les flaques de plantains et de pissenlits bons pour les lapins, les murs de ronces à mûres, les guêpes et les taons qui nous « ampoulaient » les jambes, derrière l'étable, là où se distillait mon huile essentielle de Normandie.

Plus tard, en lisant Shakespeare et Rimbaud, en écoutant Mozart, j'avais le cartable rempli, j'avais de quoi comparer, je savais distinguer le moineau de l'épervier quand le vent est au sud, le grincement des tiges de glaïeul me disait quelque chose et le son lointain de la clarinette avait déjà fait s'envoler mes rêves à aigrettes...

Tu peux t'en retourner de ta démarche chaloupée comme une barque pleine, le dos de ta main droite posée sur les reins, l'œil sensible aux mauvaises herbes à arracher en passant ou aux bonnes choses à glaner. Je suis sûr que tu es arrivée au paradis avec une poignée de pissenlits sans racines, deux ou trois fraises des bois dans le nid de ton mouchoir, une primevère de talus et une châtaigne orpheline, que tu as posé tout ça sur le bureau du bon Dieu pour qu'un petit bésot mort trop tôt puisse se régaler. Pas de trajet à vide, y compris le dernier. Cette façon de regarder la nature pour y trouver de quoi manger quelle que soit la saison, ces traces encore présentes chez toi de la lutte éternelle pour survivre... Mission accomplie mémé.

Et voilà qu'une famille entière se retrouve en suspens, attendant le coup de fil qui annoncera la fin d'un monde. Maintenant tu vas pouvoir t'occuper de tes mains aux doigts tordus par les panaris et les rhumatismes, de tes paumes asséchées par la terre, il va falloir trouver quelqu'un d'autre que ma mère pour te badigeonner de la dernière trouvaille d'Yves le Roc. J'aimerais qu'il y ait un masseur là-haut qui te fasse du bien aux épaules, un Scrabble en or version hyperluxe, et puis un petit arpent de terre sainte pour s'occuper...

J'écris tout ça pour rien mémé. Tu as trop fouillé la terre pour comprendre que là-haut ne sert à rien, c'est en bas que ça se passe, au ras du sol, lorsque le palpitant palpite et sous l'herbe, quand ça refuse de repartir. On quitte tout ça, tout ce travail, cette vie de labeur à se débrouiller pour mettre quelque chose dans les assiettes trop nombreuses du midi et du soir, une vie à rattraper les coups tordus et les vacheries de la vie, une vie à mettre de côté ses rêves et ses désirs en espérant tous les jours ne plus retrouver l'endroit exact où on les a cachés...

Silence... sa bouche s'entrouvre...

Je me rapproche de son visage qui s'entraînait depuis trop longtemps déjà à prendre la pose pour la photo éternelle, son visage de Munch, sa tête rétrécie par la mort jivaro, sa tête déçue, sa tête volée devenue si fragile aux baisers, sa tête de pomme oubliée. Ses lèvres tremblent, un souffle veut redevenir mot, un souffle espère la phrase, un souffle rassemble ses troupes pour une dernière bataille, encore une fois sur la brèche des lèvres, précieux amis ! Mon oreille se tend. Il faut que je l'entende du premier coup, je ne pourrai pas lui demander de me répéter, je n'oserai pas, mon oreille n'aura le droit qu'à une seule tentative... silence encore... et puis comme un fil éméché passant difficilement le chas de l'aiguille la dernière phrase que m'adressera mémé se fait entendre...

Ce n'est pas facile de mourir me dit-elle.

Voilà.

Mémé ça ne se dit plus. Tu étais une des dernières, encore un coup dur pour la bio-diversité. Maintenant on n'a plus que des papis et des mamies, ou des grands-pères et grands-mères pour faire plus respectable.

Je viens de regarder dans mon diction-
naire et j'apprends que mémé vient de
mémère, une vieille et grosse dame disent-
ils, ça me fait de la peine, alors braves gens
comme dirait Pierre Perret je vais vous dire
la mienne, je vais tenter une définition de
mémé ou plutôt une recette. Pour faire
une mémé il vous faut de l'ancien temps et
de la constance...

Lettre à Mémé

Mémé, si tu savais et j'espère que tu sais, combien de gens m'ont écrit, combien m'ont interpellé à la sortie des théâtres, dans la rue, en vacances, partout, pour me dire tout simplement qu'ils se retrouvaient dans ce portrait de toi. Ils y ont vu leur mémé, sur un détail de ta vie, la leur s'est révélée, car tout compte dans ces histoires de souvenirs, la mémoire, c'est comme ces boîtes à bazar où l'on remise tout ce qui traîne soit par paresse soit parce qu'on ne sait pas où ranger ça, et puis un jour, un bouton, une épingle, un stylo va sortir de ce capharnaüm et trouver son utilité dans la vie de tous les jours. Grâce à eux un pantalon va enfin tenir à la taille, une épingle va extraire

une écharde dans la main « débroussail-
leuse », et une partie de belote laissera
un décompte. Oui je crois, mémé, à cette
mémoire foutoir. Bien sûr, il y a les grands
souvenirs qu'on accroche aux murs et qui
le marquent même quand on les enlève,
mais ces pièces maîtresses ne seraient rien
sans cette ribambelle de pas grand-chose,
de mètres de couture à échelle d'enfance, de
tout ce qui passe par la main, le nez, la
plante du pied avant d'arriver au cerveau,
tout ce qu'on touche, palpe, frotte, gratte
et caresse, c'est plus lent, ça n'arrive pas au
cerveau à la vitesse d'un éclair comme par
les yeux ou les oreilles, non, il faut longue-
ment toucher, il faut s'ennuyer de la paume
pour que la sensation imprime et reste en
soi. C'est à force de marcher pieds nus que
le pied raconte. C'est comme le latin, c'est
plus dur à apprendre, et pourtant on vient
de là. L'urbain a fait du langage des mains,
des pieds et des genoux autant de langues
mortes. En ville, on parle avec la bouche
et c'est tout et on lit des magazines pour
connaître la vie des autres. Nous avons en
nous de quoi faire les teintes, notre corps
est une palette, reste plus qu'à trouver
l'outil qui va traduire tout ça.

Et on le sait intuitivement, car tous ces gens qui m'ont écrit me parlent presque tous d'un temps révolu que nous serions bien avisés de ne pas oublier, un temps où l'on avait le temps de saisir le prix intime de chaque chose, des plus petites aux plus grandes, des plus intimes aux plus communes. Ils y ont retrouvé, en tremblant, des étreintes maladroites qui manquent encore aujourd'hui, même devenus grands, même devenus vieux, même devenues mémés ou mamies ou grands-mères, car le tendre nous manquera toujours, l'amour peut passer, il peut finir, mais le tendre, mais se serrer pour se dire au revoir, mais ta main rude sur mes piqûres de guêpes, mais tes doigts lourds dans ma tignasse, ça manquera toujours, et c'est ce que m'ont dit tous ces gens et souvent de façon bouleversante. Et ça, c'est quelque chose qui me touche au plus profond, que ce livre ait donné la force et l'audace à des centaines de mains de prendre un stylo pour tenter cette aventure d'écrire à leur tour ce qui se passe dans leur intimité, des écritures comme la tienne, belles et régulières mais meurtries par les travaux et les tremblements.

Ils ont fait la solitude buissonnière en te lisant et en nous écrivant, je dis « nous » car je sentais bien à chaque lettre que c'est à toi qu'ils souhaitaient parler, moi dans cette histoire je n'ai fait que me servir du courage ou de l'inconscience de mon métier de « clown ou de poète », comme disait ton frère, ce métier qui pousse à dire, un pousse-au-crime de métier pour donner de la voix à tes silences, pour raconter ce que tu taisais, pour attirer les yeux sur ta pudeur, pardon mémé, mais un pardon hypocrite car si c'était à refaire, je recommencerais. Il en faut toujours un dans une portée, un pas pareil que les autres, qui a une tache noire sur la tête, un qui se déguise, qui cause et qui raconte, un qui irait en Chine juste pour raconter encore et toujours ces choses qu'il a à dire, « c'est pas Dieu possible de choses qu'on sait pas où il va chercher tout ça ». D'ailleurs, je suis allé en Chine, mémé, et je peux te dire que les Chinois, quand ils parlent de leur mémé, ils pleurent des larmes comme les nôtres, des larmes sans tristesse, des larmes de manque, d'envie encore et toujours, j'aime bien ça, ça me rassure cette internationale des larmes, et puis c'est bien de pleurer lorsque l'on sait pourquoi, c'est un aveu nécessaire. L'air est plus pur après ces larmes-là, comme cette pluie qui rentre dans le sol, cette pluie qui mouille et nourrit, l'air est frais après la pluie.

Puisqu'on parle de larmes, il paraît que je t'ai fait pleurer une fois, tu m'avais déposé à la piscine avec un copain d'école pendant que tu faisais tes courses en ville, et puis tu devais nous reprendre courses faites pour remonter à la maison – comme on disait – sauf que dans la piscine point de petit-fils et de copain, on avait décidé de rentrer à pied sans prévenir personne, il y avait une douzaine de kilomètres à faire et on voulait tester nos pattes de 12 ans sans cervelle. Tu nous as cherchés partout comme une folle, on t'a fait faillir à ta mission protectrice, ma mère s'est chargée de l'engueulade, mais toi, tu es restée à distance des remontrances, et j'ai su que tu avais pleuré et j'aurais préféré être crucifié... Pardon mémé, je ne recommencerai plus, promis.

J'ai glissé un exemplaire de ton livre plastifié entre le pot de bruyère et le marbre rouge de ta tombe mais tu dois le savoir puisqu'on raconte dans le village que, certains soirs lorsque le vent porte, on entend des bruits de pages qui se tournent...

Citations

J'AI LU

11651

Composition
NORD COMPO

*Achevé d'imprimer en Italie
par GRAFICA VENETA
le 4 décembre 2018*

1er dépôt légal dans la collection : janvier 2017.
EAN 9782290138892
OTP L21EPLN001789C004

ÉDITIONS J'AI LU
87, quai Panhard-et-Levassor, 75013 Paris

Diffusion France et étranger : Flammarion